삶이 지금
어딜 가느냐고
불러세웠다

원영 지음 | 이소명 그림

수오서재

차례

2.
넘어진 덕분에 알게 된 깨달음

3.
간소한 삶, 아름다운 영혼

4.
운명에게 졌다고 생각될 때도 있지만…

5.
내 삶의 산책이 시작되었다

젊은 날의 아름다움은

자연의 산물이고

늙은 날의 아름다움은

삶이 빚어낸 작품이라는 말처럼

곱디고운 삶을 빚으시길….

들어가며

당신은 지금
어디를 향해 가고 있나요?

몇 해 전, 혹독했던 겨울이 지나 봄이 찾아올 무렵, 방송국으로 커다란 상자 하나가 도착했다. 내 이름 앞으로 도착한 상자는 누가 보냈는지도 알 수 없고 무엇이 들었는지도 모를 크고 구겨진 상자였다.

당시 몸살감기가 심했던 난 열어볼 생각도 하지 못하고 상자를 낑낑대며 들고 와 방 한쪽 구석에 미련 없이 두었다. 다음 날 아침이 되어서야 조금은 심술궂은 표정으로 놓여 있는 상자가 눈에 뜨여 끙, 몸을 움직여 열어보았다. 상자를 뜯어 입구를 여는 순간 '앗!' 나는 탄성을 질렀다. 샛노란 수선화들이 가득 담겨 내게 인사를 하는 것이었다.

"안녕하세요, 스님. 저희는 스님 만나러 왔어요."

창백하게 구겨진 상자 속에서 기품 있고 생동감 있는 모습으로 나를 놀라게 한 수선화들. 얼핏 보아도 100뿌리는 족히 되어 보였다. 작은 메모 한 장이 상자 안쪽에 다소곳이 놓여 있었다.

"스님 목소리는 수선화를 닮았어요. 마당에 예쁘게 심으세요."

심한 독감 탓에 한 달 가까이 찢어지듯 갈라진 목소리로 방송을 진행하던 터라 미안함과 뭉클함이 가슴에 차올랐다. '나는 입으로 말하는데, 저들은 가슴으로 듣는구나.' 청취자의 묵직한 마음의 무게가 가슴 깊이 전해졌다.

나는 방송을 진행하는 스님이다. 그래서인지 늘 세속과 출가의 경계선쯤에서 서성일 때가 많다. 맑고 투명한 출가자의 모습으로 온전히 살아왔다기보다는 단정한 삶과 문화적인 삶을 결합하며 살고 싶었고, 그렇게 살기를 추구해왔다. 부드러운 웃음과 함께 허공으로 흩어질 가벼운 음성으로 인생의 몇 년을, 반은 출가자로 반은 방송인으로 흘려보냈다. 마치 반은 사람이고 반은 물고기인 그리스 신화 속 존재 세이렌Siren의 모습처럼 말이다.

며칠 전, 방송국을 나와 차로 향하는데 차창 위에 낙엽 한 장이 떨어져 있었다. 메말라 쪼그라든 상태로 떨어져 있는 그 갈색 잎을 보는 순간, 나는 그만 꼼짝없이 발걸음을 멈추고 말았다. 그때 낙엽이 내게 이렇게 묻고 있는 듯했다.
"스님, 지금 어디로 가세요?"

늘 어딘가로 향해 가던 나에게 삶이 지금 어딜 가느냐고 묻는 순간이었다. 무상함을 가득 담은 그 낙엽의 질문에 나는 움찔 놀라 가면을 벗고 내면을 들여다보게 되었다.
그래. 지금껏 그렇게 살아왔다. 어디로 가는지, 무엇을 찾아 여기까지 왔는지, 허둥지둥 살아온 인생이었다. 소중한 무언가를 놓쳐버리고, 먼지가 낀 채로 투명함을 잃어버린 느낌이랄까. 푸른 하늘을 봐도 가슴속에선 더 이상 시를 만들어내지 못하게 되었다. 그 잊고 있던 마음에 메마른 낙엽 하나가 내게 질문을 던진 것이다. 지금 어딜 가고 있느냐고, 뭐 놓친 것은 없느냐고, 그렇게 계속 가도 괜찮겠느냐고.

우리는 살면서 다른 사람의 판단과 시선에 매여 자신을 종종 잃어버린다. 사람들이 좋다는 길을 따라가느라 자신이 원하는 길을 놓쳐버리는 경우도 많다. 이제 그만 남들이 이루어놓은 것을 향해 전력질주하지 않아도 되지 않을까. 모든 것을 자기 앞으로 끌어들이지 않아도 되지 않을까. 그렇게 분투한다고 어디 고민과 아픔이 사라지던가.

가끔은 무심하게 마음을 비워보자. 스님인 나도 하기 어려운 일을 권하기란 쉽지 않지만 이 책을 읽는 동안만이라도 마음을 무심히 내려놓아 보자. 그러면 어느 날 문득 당신을 불러세운 바람이 물어봐 주리라. 지금 어딜 가느냐고, 무엇을 잃었느냐고.

당신의 인생 앞에 놓인 질문에 하나씩 답이 채워지길 기원한다.

2018년 가을, 원영 합장

삶의 길목에서 만난 질문들

행복이 슬픔의 공간을 채울 때

자주는 아니지만 나는 가끔 도반스님들과 모임을 갖는다. 가까운 스님들과 함께 출가자의 삶을 이야기하는 자리다. 자신들의 삶과 수행뿐만 아니라, 평소 잘 전해 듣지 못한 스님들의 소식까지 이 자리에서 듣는 경우가 많다. 중노릇은 잘하고 있는지, 환속하진 않았는지, 건강한지 등등. 세상 사람들의 모임과는 사뭇 다른 주제일 수밖에 없지만, 나름 인생에 대한 질 좋은 커뮤니케이션이 이루어진다.

낡은 화로에 얹은 차관의 물이 어느덧 보글보글 끓는다. 차를 낼 다관과 찻잔을 준비하고 천천히 물을 따르며 바라보니 옹기종기 모여 앉은 스님들의 얼굴이 맑은 차처럼 해맑다.

몇 해 전, 희귀한 암에 걸렸다가 기적처럼 살아난 정견 스님은 해가 바뀔 때마다 감회가 새로운지 멋진 메시지를 던지곤 한다. "세상 일은 억지로 되는 게 아니야. 받아들일 줄 알아야 해요"라든가 "죽음의 문턱에 다녀오고 나니 모든 것이 다 고맙더라고요. 세상 만물이 다 고맙고 사랑스러워요. 그러니 서로 아끼고 감사하면서 살아야 해요"라는 경험에서 우러나온 말들이다.

발효차를 돌려 마시고 이번엔 연차다. 지난여름 연꽃 속에 녹차를 넣어 보관해둔 연차를 냉동실에서 꺼내왔다. 실을 풀어 넓은 다완에 꽃을 세우고 뜨거운 물을 부으니 연꽃잎이 활짝 피어난다. 동시에 자그마한 탄성이 흘러나온다.

"아, 엄동설한에 연꽃이 피었네."

"참 곱다."

차향도 기가 막힌다. 이럴 땐 꽃향기에 흠뻑 젖어 향기만 취하고 일동 침묵이다.

잠시 후, 한 스님이 입을 뗐다.

"모든 게 다 고맙죠. 그렇지만 그걸 알면서도 벗어나고 싶을 때가 있어요."

이렇게 말하는 데는 이유가 있다. 15년 정도를 줄곧 선원에서 참선을 하며 살았는데, 최근 몇 년 동안 도심 절에서 소임을 살게 되었기 때문이다. 선승으로 자유롭게 살다가 매인 몸이 되었으니 갑갑하기도 할 것이다. 그래도 그간 모두들 덕분에 공부에만 매진하며 살았으니 이젠 세상에 갚아야 한다며 감사하는 마음으로 산단다. 다시금 굳은 다짐을 해보지만, 우리는 안다. 바람처럼 살고 싶은 마음이 그리 쉬이 가라앉지 않는다는 것을.

이때 문밖에서 소리가 들린다. 또 누가 왔나 보다. 염불을 잘해서 늘 바쁘게 재를 지내러 다니는 도경 스님이다. 양손 가득 음식과 선물을 들고 왔다. 빈손으로 오는 일이 없는 스님 손엔 오늘도 떡과 과일이 풍성하다. 붙임성 좋은 스님은 처음부터 이 자리에 있었던 것처럼 금세 합류한다.

"요즘 다들 어려운가 봐요. 개업이나 이사 불공보다 아픈 사람이나 돌아가신 분들을 위한 기도가 훨씬 많거든요. 세상살이가 정말 부처님 말씀처럼 고해인 거죠. 그래도 열심히 살려고 하는 모습을 보면 처음 보는 사람도 그냥 고맙더라고요. 난 이제 늙었는지 요즘엔 눈물도 많아져서 걸핏하면 눈물이 나요. 아이구, 또 그러네."

커다란 덩치가 무색하게 옷고름으로 눈가를 찍어낸다. 모두가 그윽한 눈빛이 된다.

염불이나 우리 고유의 소리는 애잔하고 슬프다. 그런데 가만 들어보면 그 장단에는 신명이 깔려 있다. 불행과 고통의 가락을 흥겨운 장단으로 극복하려 했던가 보다. 밀란 쿤데라는《참을 수 없는 존재의 가벼움》에서 이렇게 말했다. "슬픔은 형식이었고, 행복이 내용이었다. 행복은 슬픔의 공간을 채웠다"라고.

슬픔과 구속, 분노는 어쩌면 세상살이에서 피할 수 없는 속성인 것 같다. 다만 우리가 얼마나 그 속성에 행복, 자유, 자비를 채워 가는 노력을 하는가에 따라 인생은 달라질 테다. 슬프지만 흥겨운 우리네 가락처럼 말이다.

온전한 삶을 살기 위해서는

인생의 어두운 부분도 끌어안아야 하고

환한 낮만큼이나 어두운 밤도 견뎌야 합니다.

길 위에서
만난 사람들

아침 일찍 모여 가이드가 시키는 대로 길가에 쭉 줄지어 앉았다. 사온 밥을 나눠주고 알록달록한 띠도 하나씩 나눠주었다. 여자들은 공양을 올리려면 그 띠를 걸어야 한다고 설명했다. 그들의 방식이라고 했다. 누군가 '지구가 태양 주위를 돈다는 주장을 받아들이는 것보다, 여자가 남자와 동등하다는 생각을 받아들이는 것이 훨씬 어렵다'더니, 그 말이 맞구나 싶었다.

우리가 무얼 하려고 기다리고 있는지 이쯤에서 눈치챈 분들도 있을 테다. 그렇다. 그 새벽에 우리는 스님들의 탁발 행렬을 기다리는 중이었다. 아직 추위와 어둠이 가시지 않은 2월의 날씨에, 차디찬 길바닥에 웅크리고 앉아 다소곳이 스님들을 기다렸다. 그때 옆에서 도반스님이 한마디했다.

"우리도 스님인데 꼭 이렇게 무릎까지 꿇고 공양을 올려야 할까요?"

스님의 귀여운 심통에 살짝 웃음이 났다.

"그냥 해요. 복 짓는 거니까. 복을 지어야 앞으로 더 잘 살아가죠."

그렇게 말해놓고 나도 잠시 상념에 빠졌다. '나는 과연 그동안 얼마만큼의 복을 지으며 살아왔을까. 복을 쓰고만 살았지 별로 지은 일은 없는 것 같은데….' 나도 모르게 마음과 고개가 함께 숙여졌다.

라오스의 아침을 깨우는 건 스님들의 탁발 행렬이다. 잠시 생각에 빠져 있던 사이, 오렌지색 가사를 걸친 스님들의 모습이 거무스름한 안개 속에서 서서히 모습을 드러냈다. 괜히 가슴이 콩닥거렸다. 그게 뭐라고.

꽤 오래 기다렸다. 눈앞 거리로 보면 단숨에 올 거리인데, 침묵으로 가득한 맨발의 스님들은 고개를 숙인 채 시선을 고정시키고 천천히 걸어왔다. 가까이 얼굴을 보니 맨 앞에 연로한 노스님이 서 계셨다. 혈관이 나뭇가지처럼 툭툭 불거진 발등과 거칠디거친 손등. 세월 탓인지 고생 탓인지 가늠할 순 없었지만, 내 앞에 기다리는 미래는 어떤 모습일지…. 탁발하는 노스님의 모습에 나의 미래가 들어 있는 듯해 설명할 수 없는 뭉클함에 코끝이 찡해왔다.

금세 밥이 떨어졌다. 뒤에 따라오는 어린 스님들은 아직도 멀었는데, 어쩌나, 넣어줄 밥이 없다. 아, 이럴 줄 알았으면 분배를 좀 더 잘할걸. 아쉬움에 마지막 스님이 지나갈 때까지 고개를 숙이고 합장한 채 마음을 전했다.

스님들의 행렬이 끝나고 나서야 고개를 들어 바라보니 스님 뒤로 아이들 몇이 쫄쫄 따라가고 있었다. 안내자에게 물어보니, 아이들이 아침 먹으려고 따라가는 거란다. 스님들이 탁발한 음식을 동네 가난한 아이들과 나눠 먹는다는 얘기다. 얻은 것을 다시 나누는 라오스의 아침. 스님들의 탁발은 라오스의 아침뿐만 아니라 사람들의 마음도 따뜻하게 열어주고 있었다.

언젠가 프랑스 부르고뉴 남부에 위치한 떼제 공동체The Taize Community에 갔다가 라파엘이라는 예비수사를 알게 되었다. 라파엘은 스위스 출신으로, 떼제 공동체에 자원봉사를 하러 왔다가 수사의 길을 택했다고 했다. 아직 서른도 안 된 그의 얼굴에 우러나던 지극한 평온함이 아직도 생생히 기억난다.
그는 나를 신기하게 생각하는 것 같았다. 내가 몇 살인지, 왜 머리를 깎았는지 궁금함이 차올라도 예의를 차리는 것인지 언어소통의 문제 때문인지 묻기를 망설이는 듯했다. 미사를 보고 우리는 함께 점심을 먹었다. 천막 아래에서 빵과 샐러드와 와인을 곁들여 먹고 있으려니 마치 푸른 들판으로 소풍 나온 듯한 기분이었다. 사방이 확 트이고 눈이 시리도록 진한 초록 속에 있어 더 그랬다. 시원한 바람이 불어올 때마다 내 긴 장삼자락이 펄럭였다. 그는 내 모습이 멋지다고 했다. 공동체를 떠나올 때 나는 이 귀여운 예비수사와 사진을 찍었다. 흰 구름 흘러가는 파란 하늘에서 햇볕이 쏟아지고 있었다.

스피커에서 그리그의 '솔베이지의 노래'가 흘러나온다.
"그 겨울이 지나 또 봄은 가고, 또 봄은 가고 그 여름날이 가면 더 세월이 간다. 세월이 간다." 세월이 가면 라파엘도 라오스의 연로한 탁발승처럼 그렇게 늙어가겠지. 문득 애잔한 마음이 들었다. 아직 예비수사라고 하니, 가슴 한쪽에선 다시 한 번 생각해 보라는 말도 하고 싶었다. 나 역시 지난날을 생각하면 왜 그때 그렇게 빨리 결정했을까 싶을 때가 있기 때문이다. 다른 사람의 인생을 잘 들여다보기만 해도 알 수 있었을 텐데, 발밑만 보아도 눈물 맺힌 인간의 삶이 보였을 텐데, 하고. 부디 신중한 선택을 하길 바라는 것이다.
사실 출가자이긴 해도 나는 어떻게 사는 것이 잘 사는 것인지,

삶에 대해 아는 게 없다. 이 문제에서만큼은 자신이 없다. 아무것도 없는 황무지에 나무를 심어 푸르게 가꿀 자신도 없고, 떼제 공동체의 창립 수사님처럼 종파를 초월해 세계 평화를 기원하며 살 자신은 더욱 없다. 그래서인지 오롯하게 한길을 가는 사람들, 특히 개척자들을 보면 더욱더 존경심이 솟는다.

장 지오노의 《나무를 심은 사람》을 보면 이런 말이 나온다.

> 그는 3년 전부터 이 황무지에 홀로 나무를 심어 왔다고 했다. 그리하여 그는 도토리 10만 개를 심었다. 그리고 10만 개의 씨에서 2만 그루의 싹이 나왔다. 그는 들쥐나 산토끼들이 나무를 갉아먹거나 신의 뜻에 따라 알 수 없는 일들이 일어날 경우, 이 2만 그루 가운데 또 절반가량이 죽어버릴지도 모른다고 예상하고 있었다. 그렇게 되면 예전에는 아무것도 없었던 이 땅에 떡갈나무 1만 그루가 살아남아 자라게 될 것이다.

나는 가끔 라파엘을 생각한다. 그도 나도 어쩌면 나무를 심는 사람이 아닐까 싶다. 종교는 다르지만 우리는 둘 다 한길을 가는 출가자니까. 지구를 아름답게 만들기 위해 종이 다른 나무들을 각자 심는 것이라 생각한다. 길에서 수녀님이라도 만나게 되면, 그래서 더 반갑다.

언젠가 뉴스에서 친구를 구한 인도의 원숭이 얘기를 본 적이 있다. 기차역 선로에 원숭이 한 마리가 감전돼 의식을 잃고 쓰러져 있었는데, 그것을 본 동료 원숭이 두 마리가 달려와 축 늘어져 있는 원숭이를 깨우기 위해서 안간힘을 쓴다. 이빨로 얼굴을 물어뜯기도 하고, 때리기도 하고, 물웅덩이에 담갔다 끌어올리기를 반복하기도 한다. 그렇게 20여 분을 고군분투한 끝에 감전됐던 원숭이가 의식을 되찾고 일어섰다는 얘기다.

푸르스름한 아침에 만난 탁발승, 산들바람 불어오는 초여름에 만난 젊은 수사. 우리는 모두 순수한 길 위에서 만난 사람들이란 생각을 해본다. 아마도 우리 가운데 누군가 의식을 잃고 쓰러진다면, 나는 치열했던 그들의 삶을 위해 온 마음을 다해 기도할 것이다. 한없이 인내하며 부드럽게 살아온 그들의 평온을 위해 울어줄 것이다. 나는 그렇게 살아갈 것이다.

혹시 가던 길,
멈춰 보았는가?

어느 날, 골목길을 걷다 꽃향기에 취해 어느 집 대문 앞에 오래도록 서 있던 적이 있었다. 지나가는 사람들이 이상한 눈으로 나를 계속 훑어본다는 걸 한참 뒤에야 깨닫고선 흠칫 놀랐다. 바람결에 실려오는 꽃향기에 취해 한참을 머물렀던 그 집 앞. 낯선 그 집을 올려다보며 나는 문득 어머니도 아버지도 안 계신 고향 집 대문을 떠올렸다.

이른 아침이면 창백하고 차가운 백마강의 운무가 집 안까지 밀려들던 집. 고향 집에서 풍기던 그 비릿한 냄새 속에는 늘 어딘가 모르게 꽃향기가 섞여 있었다. 아카시아 꽃향기였던 것 같기도 하고, 밤꽃 향기였던 것 같기도 하다. 그 때문인지는 몰라도 언제 어디서든 꽃향기를 맡으면 왠지 아늑한 곳에 은신해 있다는 느낌을 받는다. 풀꽃 향기에서도 생의 안온함을 맡는다.

당신은 어떤가? 바쁘게 골목길 지나다가 예쁘게 피어난 장미꽃 앞에서 잠시 발걸음을 멈춰본 적 있는가? 혹은 바람결에 실려오는 천리향이나 아카시아 꽃향기 맡으며 이 향기가 어디서 나는 걸까 하고 주위를 두리번거려본 적 있는가?

장미꽃이 피든 말든, 꽃향기가 바람에 실려오든 말든 나와는 상관없다는 듯이 무심하게 지나쳤다면 당신의 삶은 그만큼 팍팍하고 삭막해졌다는 이야기일지 모른다. 나도 그렇다.
우리 삶은 돈으로만 풍성해지는 게 아닌데. 아름다운 것들이 더해져야 비로소 풍성해지고, 행복해질 수 있을 텐데. 자연은 향기로움과 아름다움을 우리에게 안겨주는데, 그것들만 잘 받아서 챙겨도 우린 정말 마음의 부자로 잘살 수 있을 텐데. 내 은밀한 벗 하나쯤 달님으로 남겨두어도 좋을 텐데….

계절이 이렇게 제때 바뀌는데도 우린 그 장엄한 유혹에 넘어갈 줄 모르고 오로지 바쁜 일과에만 몰두하며 자기 신세를 한탄한다. 나조차도 향긋한 커피가 놓인 카페에 가서도 주로 일 이야기, 타인의 이야기에 시간과 에너지를 쏟는다.
한 번이라도 가난하고 힘든 신세를 경험해본 사람이라야 다른 이의 어려움도 더 잘 이해할 수 있듯이, 잠시 가던 길 멈추고 꽃향기를 좇아본 적 있는 사람이라면 분명 헝클어진 삶 속에서도 기쁨을 발견할 줄 알 것이다. 그러니 이미 지나가 버린 아름다운 시절일랑 후회하지 말고 지금부터라도 즐거운 기분으로 한번 살아봐야겠다. 사람들의 웅성거림에 신경 쓰지 말고, 내 마음에게 물어보면서 그렇게 살아야겠다. 별 볼 일 없는 허약한 인생이면 어떤가? 내 영혼만 행복해진다면 구태여 특별한 사람은 안 돼도 되잖은가. 이 아름다운 세상에서 고작 일 얘기, 남 얘기만 하다 가기엔 삶이 너무 아깝다.

자작나무
숲에서

스님들과 함께 자작나무 숲을 걸었다. 생애 첫 호흡이라도 되는 양 깊게 들이마시고 길게 내뱉으며…. 문득 나무에게 고백이라도 하고 싶어졌는지 한 스님이 나무를 끌어안고 말했다.

"야, 너 참 잘 생겼구나. 아이구, 좋다."

그 모습을 보며 누군가 소리 내 웃었다. 그러자 옆에 서 있던 스님도 따라 웃었다. 나무에 매달려 사랑 고백하는 스님이라니, 나도 함께 웃었다. 그리고 그간 힘차게 살아온 누군가가 말했다.

"여태 사는 게 힘들다고만 생각했는데, 그렇지도 않은 것 같아요. 봐요, 이 숲속에선 우리 아무런 걱정도 없잖아요."

그래, 그렇지 싶었다. 사는 게 암만 힘들어도 24시간 그걸 끌어안고 사는 사람은 없으니까.

소나기가 내려 장미가 꽃을 피운다면 왜 소나기를 원망하겠느냐고 했던 샬롯 브론테의 말처럼, 힘든 일을 겪어서 자신이 더욱 성숙해지고 발전할 수 있다면 그 힘든 일들을 뭣 하러 원망하겠는가. 우리가 겪었던 힘든 일들은 그저 지나가는 소나기였던 것이다. 바람이 부니 자작나무도 따라 웃는 것 같았다.

그랬으면 좋겠다 살다가 지친 사람들
가끔씩 사철나무 그늘 아래 쉴 때는
계절이 달아나지 않고 시간이 흐르지 않아
오랫동안 늙지 않고 배고픔과 실직 잠시라도 잊거나
그늘 아래 휴식한 만큼 아픈 일생이 아물어진다면
좋겠다 정말 그랬으면 좋겠다

—장정일, 〈사철나무 그늘 아래 쉴 때는〉

하지 않은 죄

왜 좀 더 자주 손잡아주지 않았을까.

왜 좀 더 자주 같이 걷지 않았을까.

왜 좀 더 자주 같이 밥 먹으며 대화하지 않았을까.

왜 좀 더 많이 도전하지 않았을까.

왜 좀 더 멀리 떠나보지 않았을까.

사람들이 죽기 전에 후회하는 것들이라고 한다.

하지 않고 남겨둔 일에 대한 후회.

우리에겐 어쩌면 '한 죄'보다

'하지 않은 죄'가 더 많을지도 모른다.

정말 왜 그렇게 살고 있을까, 우리는.

후회

무리 없는 처신으로 좋은 평판을 유지하고 싶었다.
어떤 일을 하든지, 누구를 만나든지 칭찬받고 싶었다.
그러나 무대는 성공했어도 관계는 멀어져갔다.

나이 들수록 고집은 세지고, 자존심은 누그러지지 않았다.
그리하여 나는 사랑도 받고, 미움도 받았다.
열심히 일하고 사랑하며 뿌듯한 웃음을 나누고 싶었는데,
곳곳에서 부닥치고 이 악물고 참아야 할 일들이 생겼다.

뜬금없는 고백이지만, 이렇게 살아오면 안 되었다.
남을 보고 사는 게 아니었다.
나 자신을 보고 스스로 빛이 되어 살았어야 했다.
그렇게 살았어야 했다.
향 한 자루 피워야겠다.

뜬금없는 고백이지만,

이렇게 살아오면 안 되었다.

남을 보고 사는 게 아니었다.

나 자신을 보고

스스로 빛이 되어 살았어야 했다.

나는 누군가에게 힘이 되는 사람인가?

나른한 오후다. 전화벨이 울렸다. 누군가의 임종을 알리는 전화였다. 눈물이 메마른 것인지 전화를 끊고 나서도 나는 하던 일을 계속했다. 아무에게도 죽음을 알리지 말라고 하셨다며, 모든 절차가 끝난 뒤에야 연락해온 사람이 못내 섭섭했지만, 한편으론 돌아가신 그분이라면 그렇게 말씀하고도 남지 싶어 고개를 주억거리며 그저 전해온 메시지만을 가슴 한편에 담아두었다.
놀랄 일인데 별로 놀라지 않은 나 자신이 처음엔 이상하다 싶었다. 그런데 하루 이틀 지나고 나서야 그게 아니었음을 알았다. 시간이 흐를수록 자꾸만 그분 생각이 나서 마음이 아팠다. 예리한 칼날에 살을 베이면 한참 후에야 피가 배어나오는 것처럼, 처음엔 잠깐 생각이 멈췄었던가 보다. 며칠 동안 먹먹한 시간을 보내고 나니, 그간 무심하게 잊고 지내온 더 많은 이들이 생각났다.

광주 증심사에서 '자살예방캠페인'의 일환으로 강연할 때였다. 10월이었지만 여전히 햇살이 뜨거웠다. 많은 분들이 촘촘하게 법당을 메우고 있었다. 잘 기억은 나지 않지만 나름 마음을 다해 자살하지 마시라는 요지의 말씀을 드리며 강연을 마쳤다. 강연을 마치고 법당을 나오는데 누군가가 나를 불렀다.

"스님, 원영 스님."

뒤돌아보니 한 아주머니가 손으로 얼굴을 살짝 가린 채 나지막하게 나를 부르고 있었다. "네, 보살님" 하고 다가서니 망설임이 가득한 눈에 눈물이 그렁그렁 맺혀 있었다. 흐르는 눈물을 주체하지 못해 손으로 얼굴을 가리고 계셨던 게다.

"스님, 오늘 말씀 잘 들었습니다. 스님이랑 사진 한 장 찍고 싶어서요. 스님 덕분에 제가 이제 조금은 더 살 것만 같거든요."

"사진이야 얼마든지 찍죠. 보살님, 그런데 무슨 일로 우세요. 울지 마세요."

"스님, 제가요. 파킨슨병이래요. 하루가 다르게 몸이 굳어가는 병이요. 이제 곧 절에도 못 나올 거예요. 죽을 날이 정해진 거죠. 오늘 스님 오신다고 해서 힘들게 왔어요. 매일매일 매 순간 죽고 싶어서… 이렇게 살다 가고 싶진 않아서요…. 그래도 스님 방송 들으며 힘내고 있습니다."

아, 파킨슨병이라니. 뭐라 말씀드려야 할지 막막했다. 무방비 상태에서 들은 그 말에 반쯤 넋이 나간 나는 그저 성큼 다가가 그

분을 꼬옥 안아드렸다. 다른 할 말을 찾을 수가 없었다. 그분은 다시 눈물을 훔치며 말했다.
"고맙습니다, 스님. 사랑하는 가족들도 생각하라는 말씀 듣고, 제 마음도 바뀌었어요. 처음엔 왜 나한테만 이런 일이 생긴 걸까 괴로웠는데… 그 사실을 받아들이기가 너무 힘들었어요. 스스로 죽지는 않을게요, 스님. 잊지 않을게요, 스님."
눈도 뜨겁고 코끝도 찡하게 달아올랐다. 마음도 시큰했다. 옆에서 이야기를 듣고 있던 주지스님이 사진을 직접 찍어주겠다며 법당 앞에 서라고 했다. 눈물범벅이 되었어도 활짝 웃는 얼굴로 우리는 정답게 사진을 찍었다. 처음이자, 어쩌면 마지막이 될 사진을. 찰칵.

왜 나한테만 이런 일이 일어났을까 괴로웠다는 그분의 말씀이 오래 마음에 남았다. 나에게도 그런 생각으로 가득했던 시절이 있었다. 잠시 그 시간들이 스쳐지나갔다.
미국에 희귀병을 앓는 한 소년이 있었다. 열세 살에 저세상으로 떠난 '꼬마 시인' 매티 스테파넥Mattie J.T. Stepanek이라는 소년이다.

소년만이 아니다. 소년의 형과 누나 모두 병에 걸렸고, 다들 아주 어린 나이에 세상을 떠났다. 어릴 때부터 삶과 죽음을 생각할 수밖에 없었던 소년은 자신의 마음을 시로 표현했고, 무려 다섯 권의 시집을 펴낸 시인이 되었다. 누군가 소년에게 삶이 힘들지 않느냐고 물었다. 소년은 그에게 이런 메모를 보여주었다.

때때로 나는 물어봐요.
왜 나일까? 왜 난 그렇게 힘든 삶을 살아왔을까?
왜 내 형제들은 죽었을까?
그리고 그때 다시 생각하죠.
왜 내가 아니어야 하는가?

그렇다. 내가 아니어야 할 이유가 전혀 없는 것이다. 고통과 아픔이 많은 삶에서도 소년은 마음을 바꾸었다. 원망이 아니라, 그럴 수도 있다고 말이다. 희망까진 아니어도 주어진 삶에 충실하기로 한 것이다. 그 아이는 삶이 얼마나 아름답고 경이로운 것인지, 고통 또한 영원한 것은 아니라며 이렇게 말했다.

"언제 폭풍우가 오더라도 지나고 나면 웃으며 신나게 놀 수 있다는 사실을 잊지 말아요."

그 아주머니도 자신이 파킨슨병에 걸리리라곤 상상도 못했을 것이다. 하지만 살다 보면 전혀 예상치 못한 많은 일들이 생긴다. 사무엘 울만의 시처럼 '가시나무가 없는 길을 찾지도 않았고, 슬픔이 사라지라고 요구하지도 않았고, 해가 비치는 날만 찾지도 않았지만' 인생은 냉혹하게 세월 속에 눈물을 뿌려놓는다. 사랑하는 사람과 이별할 때도 있고, 하던 일이 실패로 끝날 때도 있고, 예상치 못한 큰 병에 걸리기도 하고, 갑자기 사고를 당하기도 한다. 심지어 이 모든 일들이 한꺼번에 일어나 벼랑 끝에 몰려 자살을 생각하는 경우도 흔히 있다. 하지만 그렇다고 해서 모두가 다 죽지는 않는다.

그럴 때 자신을 응원해주는 사람이 있다면, 그 단 한 사람이 있다면 그는 마음을 돌릴 수 있다. 내가 하고 싶은 말은 이것이다. 힘이 되어주는 말 한마디가 상대방을 수렁에서 건질 수도 있다는 것.

한 시인이 절망에 빠진 친구를 위해 매일 '절대로 포기하지 마'라는 글을 보냈다고 한다. 날마다 그 글을 받던 친구는 한 달이 지나 답을 보내왔다고 한다. '죽어도 포기하지 않을게, 고마워'라고. 더불어 살아가는 것이 인간사회라면, 우리의 역할이 이런 게 아닌가 싶다. 아픔과 절망에 빠진 사람이 일어서게 도와주는 것. 완벽하게 재기에 성공하게 만들 수는 없더라도, 드라마처럼 기적같이 행운의 여신이 따라붙지는 않더라도, 곁에 있어주는 것. 절망의 끝에 서 있지만 당신 혼자가 아님을 깨닫게 해주는 것. 함께 지켜봐주는 것. 그 사람이 바로 좋은 벗이요, 가족이 아니겠는가.

슬픔 속에서 며칠을 허덕인 끝에 내 가슴속엔 작은 질문 하나만이 덩그러니 남았다. 나는 누군가에게 힘이 되는 사람인가, 그렇지 않은가? 내가 앞으로 어떻게 살아야 하는지에 대한 답은 이 질문으로부터 출발했다.

믿음의 힘

"삼재니까 기도 부적 가지고 가라. 부적 값은 내고."
입춘에 은사스님께 갔더니 기도한 부적을 가져가라 하신다. 부처님 앞에 올려놓고 정성껏 기도한 부적이란다. 부적의 힘을 믿어야 하나, 말아야 하나 나는 평생 헷갈린다. 그런데 어려운 시절에 혹시 없으면 불안한 것이 또 부적이라, 사람들에겐 "에이 뭐, 그런 거 없어도 돼요"라고 말하고선 나는 슬금슬금 부적을 챙긴다. 우습고 못났다.
이런 이야기가 있다. 물을 무서워하는 아이가 있었다. 수영을 배우러 갔는데, 선생님이 물에 뜨는 부적이라며 작은 염주를 아이에게 걸어주었다. 그걸 손목에 끼고 수영을 하면 물에 뜬다는 것이다. 선생님 얘기를 철석같이 믿고 아이는 물에 들어갔다. 그랬더니 정말 몸이 물에 떴다. 아이는 부적의 힘이라고 믿었다.
그 옛날 자전거를 처음 배울 때, 뒤에서 단단히 붙잡아주던 아버지가 계셨다. 붙잡지 않아도 "꽉 붙잡고 있으니 걱정 마"라고 하시던. 그 말만 믿고 나는 앞으로 쑥쑥 나갔다. 어쩌면 부적의 힘은 이런 믿음이 아닐까. 옆에서 지켜봐주고 믿어주는 분들이 계신 것처럼 우리를 지탱해주는 사랑의 힘, 믿음의 힘.

우리는 모두 누군가의
눈물이 고여 만들어진 존재

나는 바느질을 하면 마음이 차분해진다. 스님들은 옷을 오래 입기 때문에 옷을 수시로 기워서 수선한다. 어릴 적 어머니가 바느질을 할 때마다 옆에 앉아 흉내라도 낼라 치면 어머니는 내가 쥔 실타래를 톡! 낚아채곤 하셨다. 그러면서 하시는 한마디!

“바느질하면 가난하게 산대. 넌 엄마처럼 살지 마.”

엄마처럼 살지 말라던 그 말씀이 기도가 되었는지, 엄마처럼은 고사하고 이 세상 그 여느 여인네들처럼도 나는 살지 않는다. 어느 수녀님은 다른 사람들이 평범하다 여기는 것들 속에서 고결함과 아름다움을 보는 것이 바로 기도의 눈이라던데, 엄마는 평범함 속에서 미래를 먼저 보고 기도했나 보다. 내 딸은 나처럼 살지 않게 해달라고.

눈이 나쁜 나는 바늘귀를 꿸 때마다 초점이 흔들린다. 바늘귀가 흔들릴 때마다 어머니 목소리가 들리는 듯하다.

“넌 엄마처럼 살지 마.”

마음이 복잡해 생각이 요동칠 때, 나는 바느질을 한다. 나처럼 살지 말라던 어머니 말씀이 귓가에 맴돌았지만 이내 복잡한 마음을 끊어내며 읊조린다. “난 바느질해도 엄마처럼 살지 않아. 내겐 가난해질까 걱정되는 자식도 없고, 끼니를 해결하기 위해서 바느질을 하는 것도 아냐. 난 엄마처럼 살지 않아. 난 나니까."

프랑스 작가 로맹 가리는 한 작가에게 평생 한 번만 주어지는 공쿠르상을 로맹 가리라는 이름으로 한 번, 에밀 아자르라는 필명으로 또 한 번 받으며 세계 문학사에 커다란 족적을 남겼다. 하지만 그는 결코 좋은 환경에서 자라지 못했다. 제1차 세계대전 중 홀어머니와 함께 프랑스에 난민 신분으로 정착했는데, 훗날 그는 어머니의 믿음과 사랑이 있었기에 꿈을 이룰 수 있었다고 말한다. 모든 동력을 어머니에게서 찾았던 것이다.

우리 모두는 어머니의 귀한 사랑을 받은 사람들이다. 저마다의 삶은 가족의 사랑으로 지탱해왔다고 해도 과언이 아니다. 나도 돌아보면, 내 슬픔의 끝은 어머니의 아름다운 사랑과 닿아 있다. 그러니 상황이 절망적이고 출구가 없어 보일 때, 가끔 내 존재가 쓸모없는 잉여인간처럼 느껴질 때, 그럴 땐 잠시 잊고 있던 가족의 사랑을 떠올려보길 바란다. 우리 곁엔 분명 누군가가 있다. 우리는 태어날 때부터 지극한 사랑을 받던 존재이다. 그런 자신의 가치를 스스로 훼손해서는 안 된다.
누구에게나 슬픔은 닥칠 수 있지만, 그렇다고 모두가 다 불행한 것은 아니다. 우리는 행복한 줄 모르고 상대적인 박탈감에 스스로만 불행하다고 느끼는 것인지도 모른다. 또 내 옆에 누가 있는지 보지 못한 채 그저 앞만 보고 살아가는 것인지도 모른다.

잘 둘러보면 알 수 있다.
우리는 모두 누군가의 눈물이 고여 만든
가치 있는 존재라는 것을.

우리에게는 모두 뿌리가 있다

오랜만에 덕수궁 돌담길을 걸었다. 서울이 아름답다고 느끼게 만드는 이 길을 나는 참 좋아한다. 그렇다고 자주 갈 일이 생기지는 않는데 모처럼 근처에서 지인과 약속이 있었다. 미리 가서 한 바퀴 돌고 약속 장소로 갔다. 그날 우리가 함께 간 곳은 이중섭 화백의 전시회였다. 예전에도 본 적이 있고 제주에서도 둘러본 적 있는 그림이지만 이렇게 화가의 전 생애를 들여다볼 수 있는 자리는 처음이었다.
무엇보다 아내와 아이들에 대한 사랑을 가득 담은 편지와 그림들이 입가에 미소를 머물게 했다. 그리고 그 사랑을 지켜내지 못한 화가의 절망, 그 아픔이 절절히 전해져 한 발을 더 내딛기조차 어려웠다. 창틀에 기대 밖을 내다보는 쓸쓸한 모습을 담은 마지막 그림 앞에선 나도 모르게 눈물이 차올랐다. 사랑하는 가족에 대한 그리움이란 게 저런 것이구나. 출가자로 그간 묻어두었던 아련한 기억들이 올라와 촉촉하게 가슴을 채웠다.

명절 때가 되면 누구나 한 번쯤은 고향을 떠올릴 것이다. 나도 그렇다. 문득 몇 해 전 "스님들도 명절에 고향에 가나요?"라고 묻던

한 친구가 생각난다. 처음엔 이 질문이 얼마나 우습던지 한참 웃었다. 그러나 이내 세상 사람들은 궁금할 수 있겠구나 싶어 답해주었다.

"아니요. 출가한 스님들은 명절이라고 해서 부모님 계신 고향에 가지 않습니다. 대신에 은사스님이 계신 본사本寺에 가지요. 육신의 고향이 아닌 정신의 고향으로 돌아간다고 할 수 있겠네요."

"그럼 절에서는 명절에 뭐해요?"

"비슷해요. 모두 모여서 송편도 빚고 달맞이도 하고 차례도 지내죠. 제사 못 지내는 분들을 대신해서 제사도 지내드리고요. 우리는 명절을 그렇게 보낸답니다."

스님 중에는 출가 이후 한 번도 고향에 가지 않았음을 자랑으로 여기는 스님이 아직도 많다. 돌아가시기 직전 위독하다는 전갈을 받고서야 부모님을 찾아뵈었다던 어느 스님의 이야기가 절집에는 여전히 미담으로 남아 있기도 하다. 하지만 내가 보기엔 자랑스러워할 것까진 없다. 인연을 끊고 수행에 몰두했다는 출가자의 의지보다, 자식을 걱정하며 일생을 보내고도 편히 눈감지 못했을 부모님의 심경이 더 눈에 밟히기 때문이다.

일본의 고전 수필집《도연초》를 보면 중국의 고승 법현 스님에 대한 이야기가 나온다. 인도에 간 법현 스님은 고향의 부채를 보고는 향수에 젖어 몸져눕는다. 앓으며 고향의 음식을 먹고 싶어 했다던 법현 스님의 이야기를 전해 들은 한 사람은 "그렇게 훌륭하신 분이 타국에서 어지간히 약한 모습을 보이셨네요"라고 말했다. 그러자 그 얘기를 듣던 고유(弘融의 일본 발음) 스님은 반대로 법현 스님을 두고 "부드럽고 인간미 있는 스님이었네"라고 말했다. 이렇듯 고향을 그리워하는 모습만으로도 평가가 엇갈리는 게 우리 출가자들의 슬픈 운명이다.

불가에는 '한 자식이 출가하면 구족이 천상에 태어난다一子出家 九族生天'라는 말이 전해진다. 물론 출가 수행을 잘할 경우를 전제로 하는 얘기다. 내 가족도 천상에 있을까? 생각해볼 때가 있다. 하지만 답을 내놓지 못하고 망설여진다. 출가 후에도 마음을 닦지 못한 시간이 많았으니까. 내가 할 수 있는 건 맑고 명료한 정신으로 돌아갈 수 있도록 마음으로나마 장군죽비를 드는 것이리라.
우리에게는 모두 뿌리가 있다. 매일이 어렵다면 명절만이라도, 개

개인의 가족사 안에서 기억되는 날들만이라도 자신의 뿌리를 향해 갔으면 좋겠다. 낙엽귀근落葉歸根이라 하지 않던가. 잎도 때가 되면 뿌리를 향한다는데, 육신이든 정신이든 때때로 그 고향을 찾아갔으면 좋겠다. 그리고 부디 가고 싶어도 가지 못하는 안타까운 분들이 없기를 기원해본다.

LEE
Sa
Myung

부처님께 여쭈었습니다.

"어떤 것이 세상을 유지하고

어떤 것이 세상을 이끌고 갑니까?

또 어떤 것이 세상을 제어합니까?"

부처님께서 대답하셨습니다.

"마음이 세상을 유지하고

마음이 세상을 이끌고 간다.

마음이 하나의 법이 되어 세상을 제어한다."

오늘 당신의 마음은 어떻습니까?

세상을 이끌 힘이 있나요?

자문

'내 인생은 아름다운가.'
'나는 잘 살고 있는가.'
요즘도 간간히 자문해본다.
'그렇다'일 때도 있고 '그렇지 않다'일 때도 있다.

어릴 때 절에 들어가면서 산다는 게 도대체 뭘까 싶었다. 평범한 삶을 버린다는 것이 어떤 것인지도 모른 채, 평범한 나날을 날려버리고 궁지에 몰린 새처럼 출가를 했다. 맑고 깨끗하게, 우아하고 격조 높게 살 수만 있다면 그것으로 충분하다고 생각하며 스스로를 위로하며 말이다.
평범함을 내려놓는 순간 타인의 인정으로부터도 자유로워져야 했는데, 내 삶은 출가자로서 홀로서기가 되지 않았다. 누군가에게 인정받고 사랑받아야 유지되는 느낌이었다. 수많은 삶의 형태를 무시하고 단 하나의 길만을 선택해 들어섰는데, 그 길에서 또다시 평범한 감정들을 만난 것이다.

세상 저편에 뭐가 있을까 궁금하던 시절에 나는 머리를 깎았다. 머리를 깎고 세상 저편 속에서 살다 보니 그 너머의 세상 저편이 또다시 궁금했다. 궁금함은 머지않아 슬픔이 되었다. 나는 밥을 먹다가도 슬펐고 머리를 깎다가도 슬펐으며 염불을 하다가도 슬펐다. 나를 사랑하고 소중히 여기는 사람들은 하나같이 내 앞을 막아섰다. 내가 가고 싶은 길은 위험하다고, 세상은 그렇게 녹록지 않다고, 너무 큰 비용이 든다고, 그렇게 막아섰다.
그렇게 슬픈 자세로 초라하게 웅크려 있던 나는, 기어코 일어섰다. 기댈 곳 하나 없이 허공에 팔 저으며 일어섰다. 그리고 여기까지 왔다. 이따금 예전의 슬픈 자세로 앉아 있는 나 자신을 발견할 때가 있다. 슬픈 자세로 초라하게 웅크려 있던 나는 이전처럼 세상 저편이 궁금하지도 않은데, 허우적허우적 팔 저으며 일어설 필요도 없는데, 그렇게 슬픈 자세로 앉아 있다. '내 인생은 아름다운가', '나는 잘 살고 있는가' 자문하면서.

유언장

헨리 데이비드 소로우는 이런 글을 남겼다.

"아무리 짧은 길이라 해도 길을 나설 때는 절대 돌아오지 않겠다는 불사의 모험 정신이 있어야 한다. 부모, 형제와 처자식, 친구들을 이제 두 번 다시 만나지 못해도 좋다는 각오로 빚을 청산하고 유언장을 작성함으로써, 자유의 몸이 된 후에야 비로소 길을 나설 준비가 된 것이다."

짧은 길, 가까운 길을 떠날 때에도 이런 마음가짐이 필요한데, 출가야 오죽하랴. 나의 떠남의 각오는 어땠던가. 지금도 나는 몇 년에 한 번씩 유언장을 다시 쓰곤 한다. 흐트러진 마음을 다시금 다잡으면서.

얼굴이
말해주는 것들

얼굴은 그 사람의 인생을 대신 말해준다.
얼굴에는 그 사람이 살아온 인생의 경험이
고스란히 담기기 때문이다.
그건 잘생기고 못생긴 것과는 상관이 없다.
오히려 성실함과 강인함, 따뜻함과 온화함 같은
내면의 힘이 얼굴 표정과 더 깊은 관계가 있다.
우리는 적어도 하루에 한 번은 거울을 본다.
거울을 보면서 얼굴 생김새, 옷차림새만 볼 것이 아니라
자기 내면의 얼굴은 어떠한지, 마음상태는 어떠한지
맑은지 흐린지, 때가 묻었는지 깨끗한지
더 찬찬히 살펴볼 일이다.

침묵의 힘

사람은 태어날 때
입안에 도끼가 생긴다.
어리석은 사람은 나쁜 말을 하여
그것으로 자기 자신을 찍는다.

비난할 것은 칭찬하고
칭찬할 것은 비난하니
입으로 불운을 만들어 행복을 얻지 못한다.

바른 길을 간 훌륭한 이에게
증오를 품는다면
그 불운은 무엇보다 클 것이다.

—〈쌍윳따 니까야 6〉

벌써 몇 년 전 일이다. 도반스님이 하안거(여름 수행 기간) 결제 중에 전화를 걸어왔다. 잘 지내고 있다는 안부도 전할 겸 필요한 것을 부탁하는 전화였다. 안거에 들어와 보니 친하게 지내는 다른 스님도 와 있단다. 반가운 마음에 바꿔달라고 하니 현재 묵언 중이라며 전화기를 두드리는 소통 방법을 알려주었다.

“하고 싶은 얘기를 하고 가만있으면 그 스님이 전화기를 두 번 두드릴 거예요. 그럼 알아들었다는 뜻이니 그리 알아요.”

“그게 뭐래요. 말 다 하는구만. 소리만 안 낼 뿐이죠. 하하하.”

스님은 함께 웃으며 전화를 바꾸어주었다.

“스님, 진짜 묵언해요?”

“똑똑.”

“어울리지 않게 무슨 묵언이래요? 그냥 살아요. 주위 사람들 괴롭히지 말고.”

“똑똑 똑똑 똑똑.”

“알았어요, 알았어. 귀청 떨어지겠네. 잘 지내고, 필요한 것 있으면 쪽지 적어 보내요.”

“똑똑.”

대화는 그렇게 끝이 났다. ‘똑똑’이라니, 마치 허공이 전하는 말 같았다. 하지만 전화를 끊고 나서도 입가에 미소가 오래도록 머물렀다.

사실 묵언은 불교 수행법이 아니다. 그러나 많은 이들이 불교 수행법인 줄 안다. 부처님은 '묵언'보다 '대화'를 더 중시하셨다. 아마도 요즘 세상엔 말이 너무 많고, 말로 인해 받는 상처가 크기 때문에 이런 묵언 수행이 자리 잡게 된 것이 아닌가 싶다.

틱낫한 스님이 어느 수련회에서 참가자들에게 사흘 동안 묵언 수행을 하라고 한 적이 있었다. 그때 참가자들은 종이와 연필을 가지고 다니며 필요한 얘기를 적어 소통했다. 그리고 잠자리에 들기 전, 각자 자신이 하루 동안 나누었던 필담을 들여다보았다. 사람들은 그제야 비로소 자신의 언어행태를 깨달았다고 한다. 자신의 말투가 어떠한지, 얼마나 불필요한 말을 많이 하는지, 그리고 그로 인해 얼마나 많은 시간과 에너지를 낭비하고 있는지, 심지어 하지 않았으면 더 좋았을 말도 많았다는 사실을 말이다.
때로 침묵은 말보다 더 큰 힘을 가진다. 밖으로 나간 말은 이내 사라져버려 힘을 발휘하지 못하는 경우가 더 많기 때문이다. 부처님 당시에는 부처님 옆에 앉는 것만으로도 깊은 감명을 받았다고 한다. 비단 부처님이 아니어도 그렇다. 좋은 사람, 훌륭한 사람이 옆에 있으면 그 좋은 기운이 전해져서 자신의 내면에까지 영향을 끼친다는 것을 알 수 있다. 굳이 말로 이야기하지 않아도 느끼게 되고, 알게 된다.

꽤 오래전에 '침묵의 성자'로 불리는 라마나 마하리쉬를 만나고 온 사람이 있었다. 그에게 어땠냐고 물었더니 "그냥 같이 앉아 있다가 왔을 뿐인데, 그 침묵 속에 모든 이야기가 담겨 있었다"고 했다. 그는 그 침묵 안에서 찬란한 지혜를 보았으며, 귀국 후에도 평생 마음의 스승으로 삼겠노라 다짐했단다.

생각해보면 우리가 명상을 하기 위해 앉을 때마다 가장 먼저 하는 일이 입을 다무는 것이다. 홀로 사유하며 걸을 때에도 마찬가지다. 홀로 걸으며 채울 수 있는 사유의 힘은 침묵을 전제로 한다. 물론 침묵했을 때 내면이 더 시끄럽고 번잡해지기도 하지만 그런 시간이 오래되면 오래될수록 차츰 내면에서조차 입을 다물게 된다.

필요 없는 말을 하느라 시간과 에너지를 낭비하는 일은 이제 좀 줄여야겠다. 특히 하지 않았으면 더 좋았을 말, 누군가에게 상처가 되는 말, 두고두고 내 마음에도 남아 나를 괴롭히는 말, 그런 말이라도 천천히 줄여나가야겠다 다짐해본다.

침묵은 영원한 말이다.

말과 생각은 자아이다.

말과 생각을 초월한 상태가 침묵이다.

침묵은 마음의 활동이 없는 명상이다.

깊은 명상은 영원한 말이다.

침묵은 언제나 말하고 있다.

그것은 끊이지 않는 언어의 흐름이다.

그것은 말에 의해 방해를 받는다.

—라마나 마하리쉬

나는 놀라지 않기로 했다

러시아의 바이칼 호수는 멀리 우주에서 보면 마치 지구의 눈처럼 선명하게 보인다는 곳이다. 나도 누가 호수라고 말해주지 않았으면 바다인 줄 알았을 것이다. 바람도 꼭 바닷바람을 닮았다. 하지만 호수라 그런지 물결은 잔잔했다. 그 호숫가를 천천히 혼자서 걷고 계신 어른 스님이 한 분 계셨다. 걸음걸이를 보니 딱 본각 스님이시다. 가까이 가려다가 혼자 사색하시는 것 같아 멀리서 바라보기만 했다. 한참 후에야 스님이 우리 곁으로 오셨다. 그때 문득 '이 어른 스님은 인생을 어떻게 살아오셨을까?' 궁금해졌다. 그래서 뜬금없이 스님께 여쭈어봤다.

"스님, 스님께서는 평소에 가장 신경 쓰며 사시는 게 뭐예요? 이런 건 하지 말아야지 하는 게 특별히 있을까요?"

갑작스런 나의 질문에 스님께선 살짝 미소 짓더니 이렇게 말씀하셨다.

"호호호. 원영 스님, 저는요, 평소에 어떤 일이 있어도 놀라지 말아야겠다고 생각합니다. 오래된 생각이에요. 살다 보면 놀랄 일이 많이 생기거든요. 하지만 저는 어떤 일을 접하더라도 놀라지 않으려고 해요."

왜 그랬는지, 그 말씀을 듣고 나는 쿵 하고 가슴에 커다란 돌이 던져진 듯했다. 그 말씀의 무게가 그만큼 컸던 것이다. 사자후 같은 그 말씀에 나는 다 죽어가는 목소리로 "아, 예" 하며 대꾸조차 제대로 하지 못했다. 순간 수많은 장면들이 스쳐지나갔다. 그동안 나를 놀라게 했던 많은 일들이.

몇 해 전, 어느 날 아침이었다. 라디오 생방송을 하러 갔는데 담당 피디는 보이지 않고 분위기가 몹시 어수선했다. 무슨 일인가 물었더니 프로그램 담당 피디가 쓰러져서 병원에 실려 갔다는 것이다. 걱정이 컸지만 방송을 해야 하니 다른 피디와 맞추어 방송을 했다. 그런데 방송 중에 더욱 충격적인 소식이 전해졌다. 병원으로 이송 중에 피디가 사망했다는 전갈이었다. '이럴 수가, 이럴 수도 있는 것인가.' 정말 그때 심장의 반이 떨어져나가는 것 같았다. 어떻게 생방송을 이어갔는지 기억조차 없다.

돌이켜보면 살면서 놀랄 만한 일들이 참 많았다. 어떨 땐 내 팔자가 정말 센 것인가, 왜 나에게, 내 주변에 이런 일들이 일어나는 것인지 가슴을 쓸어내리며 원망하기도 했다. 그런 나에게 본각스님의 '놀라지 마라'는 말씀은 삶의 방향키와도 같았다. 아주

짧은 시간이었지만 그 순간 나는 이렇게 결심했다. '소리에 놀라지 않는 사자'처럼 더 이상 놀라지 않기로.

이 글을 읽는 여러분에게도 놀라지 말라고, 당황하지 말라고, 그렇게 권하고 싶다. 어떤 일이 일어나도 다 흘러가기 마련이니까. 날씨가 궂은 날일수록 마음을 밝게, 담백하게 가져야 한다. 미소 띤 얼굴이 눅눅하고 꿉꿉한 우리 삶을 뽀송뽀송 말려줄 테니 너무 걱정하지 말자. 어떤 일이 있어도 하늘이 무너지진 않을 테니 초연하게 대하자. 저 잔잔한 바이칼 호수처럼 우리 놀라지 말자.

지혜로운
노인

40년이 넘도록 한 트럭을 몰고 다닌 노인이 있었다.
어떻게 그렇게 오랫동안 차를 굴릴 수 있었는지
비결을 묻자 이렇게 대답했다.
"오르막에서 엔진의 힘을 다 쓰지 말아야 합니다."

대답을 들은 이는 사람도 마찬가지라고 생각했다.
어떤 일에 매달려 완전히 체력을 소진해버리면
금세 앓아눕게 된다.
재충전할 수 있을 만큼 일을 하고 때때로 쉬지 않으면
다음 일도 순조롭게 해나갈 수 없기 때문이다.

고민을 거두며

흔들리는 배 위에서 바늘귀에 실을 꿰는 것은 어렵다.
하지만 몸이 안정된 곳에서도 마음이 복잡해 요동치면
그때 역시 바늘귀에 실을 꿰는 일이 쉽지 않다.

살다 보면 이런저런 고민과 걱정이 끊이지 않아
마음이 복잡하고 어지러울 때가 있다.
마음이 복잡하면 자연히 실수가 생기고
그로 인해 또 다른 걱정이 등장한다.
멈추기 어려운 악순환이다.

고민이나 걱정이 있다고 해서 전전긍긍하지 말자.
조금만 내려놓자.
잠깐만 시간에 맡겨놓으면 알 수 있는 일이지 않은가.
내 노력으로 해결될 일인지, 아닌지를.
설령 저절로 해결되지 않는 일이라 하더라도
컨디션을 회복할 수 있도록 몸과 마음을 비워두어야
더 좋은 해결책을 찾을 수 있고, 문제와 맞설 수 있다.

번뇌로부터의 자유

밖에 나갔다가 누군가 전해준 나의 험담을 들었다. 꽤 속이 상하는 일이었으나 사실이 아니기에 그냥 지나갈 일이라 여겼다. 그런데 내 이성이 그렇게 정리했어도 내 감성은 그런 귀결을 용납하지 않았다. 생각이 일어나면 알아차리고 지우기를 반복했다. 그러나 그 생각은 유령처럼 나를 계속 따라다니며 괴롭혔다. 터무니없는 생각 하나 지우기가 이렇게 어렵다.

그래서 나는 생각을 떨쳐버리지 않기로 했다. 생각이 일어나면 오히려 더 적극 생각하기로 한 것이다. 이 잡다한 험담의 폐기물을 떠오르는 대로 거부하지 않기로 했다. 그러던 어느 날 생각이 흩어지기 시작했다. 체념도 되었다가 괴로움도 되었다가 아무렇지도 않게 변하고 있었다. 나와는 전혀 상관없는 떠돌이 이야기가 되기까지 꽤 시간이 필요했지만, 나는 중심을 잡았고 마음도 주인의 자리에 돌아와 안착했다.

힘들 때 하는
생각

평지만 걷는 인생은 없다.
높은 산을 오르는 것처럼
힘겹게 느껴지는 날이 더 많다.
넘어졌다고 스스로 인정하기 전에는
결코 넘어진 것이 아니다.

넘어진 덕분에

알게 된 깨달음

가시 같은 사람이, 내게도 있다

가시 같은 사람이 있었다. 언제부터인가 가시인 줄 알면서도 뽑을 생각을 하지 않고 그냥 내버려둔 가시 같은 사람이 내게도 있었다. 그런데 그런 사람과 함께 여행을 한 적이 있다. 처음엔 함께 가는 줄도 몰랐는데, 공항에서 일행 속 그 사람을 보고는 움찔 놀라 눈을 피했다. 비행기에 올라 가물거리는 바다를 내려다보며 생각했다.

'아, 이번 여행은 망쳤구나.'

그러나 비행기에서 내리며 마음을 고쳐먹었다. 더 이상 감정에 휘둘리지 않고 다니기로 했다. 싫은 사람을 봐주는 것이 좋은 사람을 멀리하는 것보다 훨씬 더 쉬운 법이니까. 싫은 사람을 낯선 사람으로 만들어버리는 일쯤이야 쉬운 일이지.

미움을 받고도 미움을 돌려주지 않고, 속임을 당하고도 되돌려 속이지 않으며, 공들였던 일을 그만두어도 슬퍼하지 않고 다시 시작하기 위해 일어서서 도전할 때, 이 게임은 내가 이긴 셈이다. 암, 그렇고말고. 그리고 그렇게 마음먹은 대로 실천했다.

감정을 잘 조절한 덕분에 여행은 순조로웠다. 맑은 하늘처럼 싫은 사람도 좋은 사람도 없는 평온한 여행이었다. 그러다가 오스트리아 빈의 뒷골목 어디쯤에 다다랐을 때였다. 낯선 이로 둔갑시켜놓았던 그 사람이 갑자기 예쁜 캔들 케이스를 내게 내밀었다, 불쑥.

"이게 뭐예요?"

"아, 이게요. 너무 예뻐서 스님 드리려고 샀습니다."

"저를요?"

함께 있던 일행의 시선이 모두 내 얼굴에 꽂혔다. 아, 이건 무슨 상황이지? 눈이 휘둥그레질 만큼 당혹감이 확 밀려들었다. 그러나 선물에 담긴 화해 요청만큼은 명확하게 읽혔다. 겸연쩍은 미소도 함께였다.

"아, 네, 잘 쓸게요. 정말 예쁘네요."

선물과 웃음을 나누고 난 뒤, 낯설었던 그 사람은 낯설지 않은 보통 사람이 되었다. 마음에 깊이 박혔던 가시가 서서히 표면으로 올라오는 느낌이었다.

손가락에 가시가 박히면 그걸 뽑아낼 때까지 자꾸만 신경이 그쪽으로 쏠려서 다른 일에 집중이 안 된다. 그러니 가시를 가급적 빨리 뽑아야 한다. 마음에 가시가 박혔을 때도 마찬가지다. 다른 사람에 대한 미움이나 원망 같은 감정은 모두 가시 같은 것들이다. 용서하고 뽑아내 잊어버리기 전까진 계속 마음을 어지럽힌다. 잘 뽑히지 않는다면 괴로워하지 말고 그냥 낯선 이로 둔갑시켜놓아도 좋다. 적어도 미워하는 사람보단 모르는 사람처럼 대하는 편이 훨씬 낫다. 다른 건 몰라도 내 마음 다스리기에는 그 편이 더 수월하다.

만나고 싶지 않은 사람을 만났다면
웃으며 인사하세요.
어느 때라도 모른 체하고 지나가면
계속 찜찜합니다.
하지만 따뜻한 눈으로 먼저 인사를 건네면
그다음부터는 자연스러워집니다.
며칠 후에 어쩌면 상대방이 먼저

스스럼없이 내게 인사를 건넬지도 모릅니다.
사람은 물론이고 세상 모든 것이 그렇습니다.
그러니 먼저 웃으며 아는 척해보세요.
그 인사로 인해 좋은 이웃이 많이 생길 것입니다.
내가 못마땅한 표정을 짓고 있어도
다른 사람들이 나를 미소로 대해야 한다고 생각한다면,
그건 당신의 오만입니다.

봉선사 여름캠프인 '붓다의 향기'에 강연하러 갔다가 '가시' 이야기가 나왔다. 그만 뽑아버리라고 했더니, 한 아주머니가 손을 들었다. 그 가시가 가족이면 어떻게 해야 하느냐는 거였다. 그렇다. 그 가시가 가족이면 낭패다. 하지만 가족 중에도 가시 같은 이가 있다. 어려서 말 잘 듣던 아이가 커가면서 가시가 되기도 하고, 결혼하기 전엔 그렇게 편안했던 사람이 결혼 후엔 가시 돋친 말로 생채기를 낼 때도 있으니까.
그 질문을 받자마자 나는 그 가시가 자식인 줄 알았다. 그래서 이제 그만 자식을 놔주라고 했다. 아이 위해 살지 말고 자신을 위해 살라고, 남편한테나 잘하고 지내라고 얘기했더니 그 가시가 글쎄, 남편이란다. "그럼 그 가시, 얼른 확- 뽑아버리세요" 했더니 주위 분들이 박장대소하며 웃었다.

"하지만요, 그 남편 늙고 힘없어지면 가시도 못 됩니다. 그저 쭈그렁한 불쌍한 노인네로 변하는데 뭐 하러 속 썩고 사세요. 마음 비우고 그러려니 하세요. 평생 살아도 그 가시는 안 뽑힙니다. 그리고 그 가시가 박힌 원인은 자기에게도 있어요. 알고 계시죠?"

그랬더니 아주머니가 빙그레 웃는다.

남이 가시가 되어 박혔으면 오히려 뽑기 쉽다. 아니, 그런 가시는 엄밀히 말해 내 삶에 영향을 주지 않으니 뽑을 필요도 없다. 그냥 무시해버리면 그만이다. 그러나 가족은 다르다. 가족이 가시가 되어 박히면 남들보다 더 깊이 박히고, 빼내기도 아주 힘들다. 그러니 상처도 깊을 수밖에.

사람들은 마음에 가시가 박히면 항상 이걸 어떻게 빼느냐고 묻는다. 이 가시가 왜 박혔는지에 대해서는 별로 얘기하지 않는다. 내 마음의 상처, 내가 당한 아픔만 생각하지 내가 어떤 행동을 해서 여기까지 왔는지 그다지 깊이 생각하지 않는다. 사실 부부 사이를 들여다보면 요구하는 사랑이 대부분이다. 아내는 남편이 어떻게 해주기를, 남편은 아내가 어떻게 해주기를 바란다. 자신이 상대에게 어떻게 해주어야 행복할까에 대해서는 많은 시간과 고민을 할애하지 않는다. 헤르만 헤세는 "요구하지 않는 사랑, 이것이 우리 영혼의 가장 고귀하고 바람직한 경지이다"라고 말했다. 나는 이 말을 바꿔 이렇게 말하고 싶다. '요구하지 않는 것이 부부 사이의 가시를 빼는 지름길'이라고.

덜 요구하고 이해하는 것

비난은 느리고 용서는 빠른 것

있는 그대로를 존중해주는 것

자신의 마음을 알아주길 바라지 않는 것

불평을 떠벌리지 않는 것

진실한 마음으로 말하는 것

의심을 멈추는 것

매일 새로운 모습을 발견하는 것

사랑받고 싶다고 말하는 것

지금이 마지막 기회임을 아는 것

—북아메리카 원주민의 '사랑'에 대한 글 중에서

인생 공부

"스님, 일본 유학 시절은 어떠셨어요? 그때 얘기 좀 해주세요."

간혹 이렇게 묻는 후배 스님들이 있다. 그럴 때마다 나는 순식간에 빗방울 떨어지는 양철지붕 아래 앉아 있던 때로 돌아간다. 내가 살던 낡은 이층집은 장마가 질 때마다 책상 옆에 대야를 받쳐 놓아야 했다. 천장에서 똑똑똑 빗방울 떨어지는 모습을 지켜보며 한숨 쉬던 나, 빗방울 떨어지는 것이 하도 기가 막혀 웅크리고 앉아 멍하니 지켜보던 내 모습이 지금도 눈에 선하다.

내 인생에서 7년, 일본 유학 시절은 찬란하고도 고독한 시간이었다. 낯선 언어로 소통하고 정서에 맞지 않는 일본 불교 의식에 참석하고 의지할 사람 하나 없던 시간… 그러면서도 나는 서서히 침착한 NHK 뉴스에 적응해갔다.

처음엔 이마이라는 일본인 집에서 하숙을 했다. 일본의 데릴사위 제도가 어떠한지 생생하게 알 수 있을 만큼 상하 관계가 분명한 노부부의 집이었다. 할머니는 작고 우아하면서도 도도했고, 할아버지는 몸집이 크고 과묵했으며 늘 거친 일을 도맡아 했다. 할아버지는 할머니의 하인처럼 묵묵히 일했는데, 실제로 할머니에게 물어보니 자기를 '아씨'라고 부르던 하인과 결혼했단다. 그

집에서 2년쯤 살았다.

그러다 형편이 여의치 않아 비가 새는 낡은 집으로 옮겼다. 쥐가 버글버글하니 바퀴벌레는 애교 수준이었는데, 이 바퀴벌레가 또 보통 사람은 상상도 못할 만큼 커다란 바퀴벌레였다. 쥐는 내가 있건 말건 무시하고 수시로 드나들었다. 쥐구멍으로 들어가라고 야단이라도 치면 심지어 뒤를 돌아보며 나를 째려보기까지 했다. 누가 이 집의 주인인지 나조차도 헷갈리게 만드는, 어이없을 정도로 배짱 두둑한 녀석들이었다. 게다가 자고 일어나면 머리맡에 집 없는 민달팽이가 길게 누워 있는데, 으아악, 소리가 절로 나오는, 정말 미칠 것 같은 나날이었다. 하지만 며칠 지내고 나니 점차 익숙해지고 안정이 찾아왔다.

그 집은 교토 가장 아래쪽인 공장 지대에 자리 잡고 있었다. 보통은 '9조'라 불리는 지역으로 빈민가와 인접해 있었다. 낮에는 공장 기계 돌아가는 소음 때문에 공부를 할 수가 없어 주로 밤에 논문을 쓰거나 공부를 했고 새벽 5시쯤 되어 잠이 들었다. 그래야 겨우 지쳐서 잘 수 있었다. 강의가 있는 날에는 그조차도 어려워 날을 꼴딱 새고 학교에 갔다.

내가 살던 집 주변에는 한국 교포들이 많이 살았다. 앞집에도 옆집에도 한국인 교포가 산다고 들었다. 그러나 실제로 그들을 만나 대화를 나눠본 적은 없었다. 늘 문을 꼭꼭 닫고 있었고, 인기척이 있어 노크를 해도 내다보지 않았다. 서로가 서로를 피하고 적대시하는 기운이 감돌았다. '인색한 양반들이네. 왜 이렇게 살지?' 싶었지만, 그들의 생활태도에는 다 나름의 이유가 있었다. 그 이유를 알게 된 것은 머지않아서였다.

어느 날 아침, 학교에 가는 길이었다. 정류장에서 버스를 기다리는데, 갑자기 뒤에서 누군가 나를 확 밀친 사건이 있었다. 낯모르는 할아버지였다. '조센징'은 너희 나라로 돌아가라는 말과 함께 떠밀렸는데, 순식간에 일어난 일인지라 방어할 틈도 없이 당하고 말았다. 차들이 달려오다 끽- 소리를 내며 브레이크를 밟았고, 정류장에 있던 사람들 몇이 달려와 괜찮으냐며 나를 일으켜 세워 인도로 부축했다.
도저히 충격이 사그라지지 않았다. 나를 밀쳤던 할아버지는 다시 한 번 삿대질을 하며 달려들었다. 연신 조센징은 돌아가라고 소리치며. 옆에 있던 사람들이 할아버지를 말리고 돌려보냈지만, 나는 할 말을 잃었고 어이가 없었다. 화를 못 이겨 부들부들 떨면서도 그들이 무서웠다. 욕을 한 사람도, 부축해준 사람도 다 무서웠다. 사람이 무섭다는 걸 그때 처음 알았던 것 같다. 때마침 도착한 버스에 서둘러 몸을 싣고 나는 학교로 향했다.

동쪽에서 뺨 맞고 서쪽 가서 화풀이하듯 학교에 간 나는 일본인 동기들을 만나자마자 나무라기 시작했다. "너네는 왜 그러냐? 너희가 가해자지, 우리가 가해자냐? 이상하다. 정말 웃긴다." 기세등등 연구실에서 마구마구 쏘아댔다. 그런데 아이들은 별다른 대꾸를 하지 않고, 승복이 한복이라 그런 것 같다며 조용한 목소리로 안타깝다는 말만 반복했다. 침착한 말들을 침착하게 늘어놓는 이 아이들도 무서워졌다.

강의 시간이 되어 강의실에 들어가서도 분이 덜 풀린 나는 선생님에게 아침에 있었던 일을 침까지 튀겨가며 이야기했다. 솔직히 선생님의 반응이 궁금했다. 어이없는 반응이 나오면 학업을 중단하고 귀국하리라. 무슨 독립투사라도 된 것처럼 각오가 대단했다. 그런데 역시 선생님은 달랐다.

"그런 일을 겪게 해서 미안합니다, 미안합니다."

선생님은 90도로 허리를 꺾어 인사하며 내게 미안하다고 정중히 사과했다. 그제야 나도 입을 다물었다.

재일교포들의 애환을 이야기하자면 차고 넘친다. 솔직히 나는 이 일을 겪기 전엔 그들의 고통이 그리 크게 와닿지 않았다. 그렇게까지 사람을 경계하는 모습이 이상하다고 생각했다. 그런데 알고 보니 그게 아니었다. 내가 겪은 일은 정말 아무것도 아니었다. 재일교포 3세에게 들으니, 자기들은 학교 다닐 때 버스에서 '조센징'이라며 머리끄덩이를 잡히기도 하고, 남학생들은 이유 없이 얻어맞기도 했단다. 어른들의 차별은 더욱 극심해서 살기가 너무나 어려웠다고도 했다.

나는 문득 옆집 아주머니, 앞집 할머니에게 미안하다는 생각이 들었다. 교토의 9조만이 그렇게 낙후된 환경인 것도 슬펐고, 문을 꼭꼭 닫아걸고 살아가는 그들의 고통도 한없이 아프게 느껴졌다. 인생은 늘 지금뿐이라며 과거를 돌아보려 하지 않았던 내 생각 어느 틈에서 '꼭 그렇지만도 않아'라는 속삭임이 들려왔다. 아픔이 많은 사람들을 이해한답시고 나는 그간 얼마나 대범한 척을 했던가.

나는 일본에 가 재일교포들을 알게 되면서 그들이 겪어온 저마다의 인생과 희로애락 모두가 우리 역사의 조각들이라는 사실을 비로소 알게 되었다. 일본은 그런 곳이었다. 내가 불교학을 공부한 곳이기도 하지만 증오하는 이들과 증오의 대상이 명백하게 공존하는 곳. 용서가 무엇을 말하는 것인지 더 깊이 생각하게 만드는 곳. 그렇기에 나는 더 다양한 각도에서 인생과 역사를 배울 수 있었다. 내가 입은 옷만으로도 나를 혐오하는 사람이 있다는 건 지금 생각해도 아찔한 충격이지만, 그 일을 통해 타인의 삶을 더 깊이 생각하는 계기가 되었으니 이만하면 큰 공부 했다 싶다. 나는 재일교포를 떠올릴 때마다 달라이 라마 존자를 생각한다. 잘 알려진 대로 달라이 라마 존자는 티베트를 벗어나 인도로 망명해 지금까지 수많은 비극적 상황을 몸소 겪어냈다. 그러니 그 분이 겪어온 심적 고통이야 더 말할 것도 없다. 그런 분이 '용서'

가 무엇인지 이야기했다.

> 용서는 우리로 하여금 세상의 모든 존재를 향해 나아갈 수 있게 한다. 우리를 힘들게 하고 상처를 준 사람들, 우리가 '적'이라고 부르는 모든 사람을 포함해, 용서는 그들과 다시 하나가 될 수 있게 해준다. 그들이 우리에게 무슨 짓을 했는가는 상관없이, 세상 모든 존재는 우리 자신이 그렇듯 행복해지기 위해 노력한다는 사실을 떠올려보라. 그러면 그들에 대한 자비심을 키우기가 훨씬 쉬울 것이다.
>
> —달라이 라마, 《용서》 중에서

생각해보면, 자신을 고통스럽게 만들고 상처 입힌 사람에게 미움이나 나쁜 감정을 갖는 것은 실로 자연스러운 일이다. 당연하고 자연스러운 것이기에 그만큼 거스르기 어려운 감정일지 모른다. 하지만 달라이 라마 존자는 '진정한 평화와 행복'에 이르기 위해선 '용서'가 필요하고, 그 '용서'야말로 가장 큰 '수행'이라고 말한다. 자신의 행복은 물론이요, 모든 이들의 행복을 위해서라도 남은 생은 부디 용서하고 사랑하는 날들이길 기원해본다.

삭발날

머리카락을 밀고 나면
모든 것이 새로워지고 환해진다.
회색빛 구름도 걷히고 탁한 공기도 맑아진다.
책상도 집 안도 말끔해진다.
부드러운 햇살이 머리에 비치고
입가엔 미소가 떠나지 않는다.

머리카락을 밀고 나면
모든 것들이 깨어난다.
사랑도 깨어나고
잠들어 있던 인연도 깨어나고
처음 만나는 사람과도 포옹할 수 있고
아무 일 없는 듯 너도 용서할 수 있다.

결핍

우리는 대개 선천적으로 부족한 부분이 많다.
왜 나만 이럴까 싶겠지만,
나만 그런 게 아니다. 모두가 그렇다.
그걸 나이 마흔이 넘어서야 알았다.

우리 모두는 선천적으로 부족하게 타고 났다.
누구는 그것을 업業이라 하고,
누구는 그것을 장애라 한다.

부족한 부분을 결핍이라고 단정 짓고 싶진 않다.
결핍은 오히려 겸손의 모태가 되고,
가능성의 배후가 되는 것이라 믿고 싶을 뿐이다.

나를 움직이는 것은 내 마음이지만

내 마음의 행로는 항상 '당신'입니다.

모든 것의
시작

산을 태우는 불도 작은 불씨에서 발생하고
산을 쓸어버리는 물도 한 방울의 물이 모여서 이루어집니다.
물이 적을 때는 한 움큼의 흙으로도 막을 수 있지만
크게 불어나면 산을 삼키고,
불이 약할 때는 한 국자의 물로도 끌 수 있지만
활활 타오르면 산과 마을을 한순간에 잿더미로
만들 수도 있습니다.

작은 것이라도 소홀히 하면
반드시 큰일로 번지기 마련입니다.
자만하지 말고 방심하지 말고
작은 일에도 늘 정성을 다해야 하는 이유가 여기에 있습니다.

삶을 위한
사유

어릴 적 고향에는 큰 나무가 한 그루 서 있었다. 강가로 향하는 길목에 우뚝 서 있던 이 나무는 오랫동안 마을 사람들의 그늘이 되어주고 아이들의 놀이터, 노인들의 쉼터가 되어주었다. 말 그대로 마을을 지키는 든든한 버팀목이었다.
나도 그 나무 곁에서 놀던 추억이 있다. 나무에 고무줄 한쪽을 묶어 친구들과 고무줄놀이도 하고, 술래잡기를 할 때 술래는 항상 나무에 얼굴을 파묻고 숫자를 셌다. 사실 이 나무는 여러 번 벼락을 맞았다. 그런데도 상처를 안고 잘 살아남았다. 숱한 세월 동안 폭풍우에 시달리면서도 자리를 굳건히 지켜냈다.

시간이 흐른 후 스님이 되어 고향을 찾았을 때 나무는 더 이상 그 자리에 없었다. 마을 어르신들께 물어보니 벌레 때문에 나무를 베어버렸다고 한다. 작은 벌레가 나무뿌리를 갉아먹어 결국 나무가 쓰러져버리는 바람에 잘라낼 수밖에 없었단다. 마을 사람들의 모든 것을 허락하고 받아주던 곳. 그곳이 그 작은 벌레 때문에 사라졌다는 사실이 내게 큰 충격으로 다가왔다.

생각해보면 우리도 마찬가지다. 소소한 문제들이 내 영혼을 잠식해 근심에 빠뜨리고 내 존재를 무너뜨린다. 사소한 말 한마디가 상대방에게 상처를 주고, 나의 작은 분노가 화를 키워 일을 그르치게 만든다. 일상의 작은 벌레들이 내 마음에, 내 영혼에 득시글거리는 건 아닌지 자주 살펴볼 일이다. 어쩌면 지금 이 순간, 작은 벌레가 내 삶을 망가뜨리고 있는지도 모르니 말이다.

한숨을 자아내는 현실 앞에서

바람 시원한 가을, 일요일이다. 날씨는 화창하고 하늘은 푸르고 드높다. 흰 구름은 멀리 지나가는 새떼를 배웅하고, 나는 한적한 일요일의 거리를 천천히 걸어 약속 장소로 향했다. 한 청년이 자기 친구를 데리고 와서 내게 고민을 털어놓는 자리였다. 이 친구가 3년째 만나고 있는 남자친구가 있는데, 현재 결혼 얘기까지 오가고 있는 상태라는 것이다. 얘기를 듣자마자 나는 좋은 일이라며 얼른 축하를 건넸다. 그런데 말하는 이들의 분위기가 심상치 않았다. 조심스레 귀를 기울여 보니 그녀에겐 너무도 아픈 상처가 있었다.

그녀는 어렵사리 입을 열었다. 여고 시절 겪었던 한 사건이 자신의 인생을 망쳤다고 했다. 성폭행을 당했다는 것이다. 실제로 그 사건은 그녀의 성격, 대인 관계, 직장 생활 등 일상의 모든 것에 걸림돌이 되었으며, 현재 인생의 반려자와 함께할 새로운 시작 앞에서 또다시 높은 벽을 치고 있었다. 그런 아픈 경험이 없었더라면 훨씬 더 밝고 아름답게 살았을 텐데, 그 잔인했던 기억의 저편에서 그녀는 꼼짝하지 못한 채 아파하고 있었다. 차분히 말하고 있었지만 여전히 혈관 속으로는 슬픔과 분노의 피가 흐르는 것만 같았다.

이야기를 듣고 나니 나도 한숨이 났다. 그녀의 고통스러운 기억에 가슴이 답답해졌다. 연민의 마음이 자꾸만 올라왔지만, 되도록 표내지 않으려고 노력했다. 그녀가 나를 찾아온 것은 다름 아니라 자신의 과거에 대해 남자친구에게 말해야 할지 묻기 위해서였다. 말을 하자니 남자가 떠날 것 같고, 말을 안 하자니 너무 괴로워 이러지도 저러지도 못하고 어찌해야 할지 모르겠다는 것이다. 남자친구가 좋고 결혼도 하고 싶은데, 남자와 같이 살 자신이 없어 두려워하는 모습처럼 보이기도 했다. 이 문제를 해결하지 않고는 한 발짝도 앞으로 나갈 수 없다는 그녀의 이야기에 몹시 마음이 아팠다.

'아, 이 일을 어쩌나.' 머리가 마비된 느낌이었다. 무거운 침묵의 시간이 흘렀다. 내 머리와 가슴도 그녀처럼 비틀거리고 있었다. 한참 후에야 내 입만 뚫어져라 바라보는 그녀에게 나는 조심스레 말을 꺼냈다.

"제 생각엔 말을 하고 안 하고보다 더 중요한 게 있는 것 같습니다. 자신이 말한 이후의 결과와 말하지 않고 발생한 일의 결과를 온전히 자기 몫으로 받아들이느냐가 더 중요하지 않을까요. 어떤 선택을 하든 자신의 선택에 따른 결과를 대했을 때, 묵묵히 달게 받아들이고 책임질 수만 있다면 어느 쪽이든 저는 괜찮다고 봅니다. 그러니 용기를 가지세요. 어떤 선택을 하더라도 본인이 선택한 그것이 최선일 거예요. 결과를 너무 두려워하지 마세요."

짧은 시간 나름 심각하게 고민한 결과였으나, 말하고 보니 결론적으론 본인이 선택할 문제라고 말한 것이나 다름없었다. 고개를 끄덕이던 그녀가 내게 다시 물었다.

"만약 스님이 저라면 어쩌시겠어요? 솔직한 답변이 듣고 싶어요."

"정답은 없습니다. 그렇지만 꼭 제 선택을 듣고 싶다면 말씀드리죠. 저라면, 제 성격엔 말하지 않을 것 같습니다."

"그렇죠? 저도 그래야 할 것 같아요, 스님. 아무튼 제 이야기를 들어주셔서 감사합니다. 부끄럽고 죄송하고 그래요. 고맙습니다."

우린 그 후로 다시 만나지 않았다. 결혼을 했는지 안 했는지도 모른다. 소식도 듣지 못했고 주변에 묻지도 않았다. 그녀가 자기 선택의 결과를 수용하기란 결코 쉽지 않을 것이다. 나는 다만 그녀가 마음에 평안을 찾았기만을 기원할 뿐이다.

우리는 언제나 수많은 선택 앞에서 어떤 길로 갈까 망설이는 데 많은 시간을 보낸다. 이 선택을 했을 때 이 결과는 어떻게 받아들일지, 저 선택을 했을 때 저 결과는 또 어떻게 받아들이며 어떤 책임을 져야 할지에 대해 미처 준비하지 못하는 경우가 더 많다. 그러나 인생의 승부는 수많은 선택 앞에서의 망설임과 고민이 아니라 내가 한 선택에 따른 결과를 자신이 얼마만큼 수용하느냐에 따라 달라진다고 본다.

나도 가끔씩 선택의 기로에 섰을 때, 누군가에게 묻고 싶다. 지금 내가 가는 길이 맞느냐고, 어느 쪽으로 가야 하느냐고 말이다. 물론 나는 자신의 선택을 책임질 수만 있다면 어느 쪽이든 다 괜찮다고 생각한다. 다가올 일을 걱정하거나 불행을 예견하는 것이 아니라 현재를 현명하고 성실하게 받아들이며 사는 것이 훨씬 더 중요하다고 생각하기 때문이다. 그럼에도 불구하고 불안한 것은 사실이다. 나라고 어찌 불안하지 않겠는가. 인생에 필연으로 따라오는 이 불안을 잘 다스릴 수 있는 지혜가 쌓이기를 바랄 뿐이다.

우리의 마음을 아는지 모르는지 카페에서 슬픈 음악이 흘러나왔다. 함께 우는 듯 읊조리는 듯 음률이 구슬펐다. 외려 그래서일까? 상처에 바르는 연고처럼, 말없이 음악 속에 앉아 있는 우리 마음을 가만가만 어루만져주는 것만 같았다.

마음의 선택

마음이 나를 유혹한다.
달콤한 꿈을 주고 사랑을 보여주며 갈등의 길로 유혹한다.
기쁨을 주고 욕망을 일깨우면서 착각에 빠뜨린다.
처음에만 달콤하다는 걸 알면서도 마음은 또다시 흔들린다.
지나간 고통의 시간은 모두 망각한 채
달콤함이라는 덫에 걸려 고통의 길로 접어든다.

마음은 영원히 만족할 줄 모른다.
마음을 다스리지 못하면
매번 똑같은 함정에 빠지고 똑같은 궤도를 돌며
악순환을 되풀이할 수밖에 없다.
다행히 우리는 마음을 선택할 수 있다.
어떤 마음을 갖느냐에 따라 원하는 삶을 살 수 있다.
아무렇게나 되는 대로 살 수도 있고,
확고한 결단성을 가지고 멋진 인생을 살 수도 있다.

어떤 마음을 선택할 것인가? 전적으로 나 자신에게 달렸다.

거기,
당신의 '마음'이 있어요

웃을 일 없다는 얘기는 예나 지금이나 참 많이 듣는다.
우린 지금도 여전히 그런 세상에 산다.
한번은 방송국에서 이런 이야기를 들은 적이 있다.
어느 날 밤, 막 한강을 건너가고 있던 서울의 지하철에서
이런 안내 방송이 흘러나왔다고 한다.

"지금은 잠실나루 역을 지나고 있습니다.
잠시 보고 계신 스마트폰에서 눈을 떼시고 창밖을 봐주십시오.
여유를 가지고 아름다운 창밖의 야경을 보시면서
오늘 하루 좋지 않았던 일들은 이 열차에 두고 내리시기
바랍니다."

별다른 소회 없이 어딘가로 이동하던 사람도
마음이 무거워서 그냥 집에 들어가기 싫었던 사람도
더 나은 내일을 꿈꾸며 집으로 향하던 사람도
아마 그 순간 모두 마음이 움직였을 것이다.

가끔 살다 보면 거기에 마음이 있다는 걸 잊을 때가 있다.
무감각하다고 여겨지는 일상을 살아가고 있으니까.
그러다가 설레는 일에 한 번,
감동스러운 일에 한 번,
누군가의 따뜻한 말 한마디에 한 번,
조용하던 마음이 존재를 알린다.
그렇게 소리 없이 어깨가 들썩이고 흔들리는 마음을 보면서
'아, 여기, 내 마음이 있구나' 하고 깨달을 때가 있다.

무언가에 내 마음이 그렇게 움직이는 순간이 있듯,
오늘 당신도 누군가의 마음을 움직여보시길.

넘치는 것은
모자람만 못하다

옛날 어느 나라에 음식에 관심이 많은 사람이 있었다. 그는 전국의 맛집을 두루 꿰고 있을 뿐만 아니라 새 메뉴가 나왔다는 소문을 들으면 곧장 달려가 먹어보았다. 그러던 어느 날, 외국에 다녀온 친구가 그를 저녁 식사에 초대했다. 그는 친구 집에서 친구 아내의 평범하기 그지없는 음식을 먹었다. 그런데 먹으면 먹을수록 뭔가 독특한 맛이 혀끝에 감돌아 자꾸만 손이 갔다. 이상하게 생각한 그는 친구에게 비결을 물어보았다. 친구는 외국에서 가져온 특별한 조미료를 써서 그런 색다른 맛을 낼 수 있었다며, 조미료 몇 병을 선물로 주었다.

집으로 돌아온 그는 사람들을 위해 작은 파티를 준비했다. 친구에게 받은 조미료를 써서 멋진 요리를 선보일 요량으로 사람들을 초대했다. 그런데 초대받은 사람들이 음식을 거의 입에 대지 않는 것이었다. 당황한 남자는 부랴부랴 음식을 맛보았다. 도저히 먹어줄 수 없는 맛이었다. 그는 사람들에게 사과하며 말했다.
"미안하네. 내가 조미료를 아끼느라 반병만 썼더니 이렇게 이상한 맛이 나는 모양일세."

그러자 조미료를 선물했던 친구가 말했다.

"너무 적게 쓴 것이 아니라, 너무 많이 쓴 것일세."

《사십이장경》 경전에 나오는 이야기다. 아무리 맛있는 조미료라도 너무 많이 넣으면 음식을 망친다. 몸의 건강만 해도 그렇다. 현대인들이 걸리는 대부분의 병은 적게 먹어서 생긴 병이 아니라 너무 많이 기름지게 먹어서 생긴 병이다. 마찬가지로 무엇이든 지나쳐서 좋은 것은 없다. 약간 부족하고 모자란 듯 사는 것이 삶의 지혜다.

내가 있는 그 자리에서 꽃을 피워라

《백유경》에 이런 이야기가 나온다.

서쪽 바다에 사는 송어는 늘 동해의 장엄한 일출이 보고 싶었다. 그래서 큰맘 먹고 동해를 향해 먼 여행을 떠난다. 송어는 한참을 가다 중간에 고등어를 만난다. 마침 서해가 보고 싶어 가는 중이던 고등어는 동해를 보러 간다는 송어에게 이런 말을 한다.

"난 서해로 가고 있어. 황홀하게 지는 저녁노을이 얼마나 아름다운지 몰라. 내가 살던 동해는 너무 재미가 없거든."

자신이 살고 있는 곳, 그곳이 바로 남들이 동경하는 아름다운 세상일 수 있는데, 어쩌면 우리는 그걸 모른 채 살아가는지도 모른다. 예를 들어, 직장인들은 어려운 상사에, 시기 질투하는 동료에, 치고 올라오는 후배까지 너무나 힘들다고 불평불만을 토로하지만, 취업하지 못한 이들에게 그런 불평불만조차도 한없이 부럽기만 하니까 말이다.

남을 부러워하는 데 시간을 보내고, 내가 머무는 곳이 아닌 다른 세상에서 행복을 찾으려 한다면, 만족과 행복은 쉬이 찾아오지 않는다.

'바다는 언제 어디서 맛보아도 짜다'는 말이 있다. 삶 또한 그럴지도 모른다. 스스로에게 만족할 줄 알고 감사할 줄 알 때, 내가 있는 그 자리에서 꽃을 피울 때, 우리는 진정으로 행복한 삶을 살 수 있는 법이다.

내 허물을
먼저 돌아보라

옛날, 제석천왕이 모든 인간에게 주머니 두 개씩을 주면서 하나의 주머니에는 자기의 허물을 담고, 다른 하나의 주머니에는 남의 허물을 담아 살펴볼 수 있게 했다고 한다. 그런데 인간이 그것을 받아 목에 걸 때, 주머니가 양옆에 오도록 걸어야 하는 것을 잘못해서 앞뒤로 걸고 말았다. 게다가 남의 허물이 들어가는 주머니는 앞으로 오도록 걸고, 자신의 허물이 들어가는 주머니는 뒤로 가도록 걸었다. 그 때문에 인간은 뒤에 걸린 자신의 허물은 보지 못하고 앞에 걸린 남의 허물만 보게 되었다고 한다.

정말 그래서 그런 것인가. 남의 허물은 쉽게 눈에 띄지만 자신의 허물은 잘 보이지 않는다. 또 남의 허물은 여기저기 드러내 보이고 퍼트리는 데 선수이면서 자신의 허물은 최대한 깊숙이 숨기려고만 든다. 사람이 서로의 허물만 보며 살아간다면 더불어 조화롭게 살아가는 것은 불가능할 것이다. 늘 서로의 탓만 하느라 다툼과 갈등이 그림자처럼 따라올 테니. 그래서 부처님께서도《법구경》에서 "남이 저지른 잘못이나 그릇된 행동을 보지 말고, 내가 저지른 잘못이나 그릇된 행동을 눈여겨보라"고 하신 듯하다.

살아보니 그렇다. 내 잘못을 눈여겨보며 하나씩 바로잡을 때 비로소 인품도 성장하고 일도 더 잘 풀린다. 상대방에게서는 허물보다 장점을 보려고 노력할 때 관계도 편안해지고 함께 있는 시간도, 내 마음도 평화롭다. 밖으로 향해 있는 시선을 안으로 돌려서 가만히 자신을 들여다봐야 한다. 그렇게 했을 때 진정 봐야 할 것이 무엇인지 명확하게 보일 것이다. 오늘부터, 내 목에 걸린 허물 주머니 위치를 앞뒤로 바꿔 걸어보자. 함께 행복해지기, 그렇게 어렵지 않다.

자다 깨어 창문을 열고 보니 달빛이 환하다.
베토벤의 '월광'이라도 듣고 싶을 정도다.
나도 모르게 달님을 보고 읊조린다.
한밤의 작은 기도다.

"달님, 죽음의 이별이 찾아와 나를 괴롭혀도
저는 더 좋은 인연들이 곁에 있음을 믿습니다.
꿈을 잃고 길을 잃어도 저는 다시 시작하렵니다.
그리고 살다가
도저히 용서할 수 없어 괴로운 시간이 찾아온대도
산책과 독서, 기도와 명상으로
그 원망의 시간들을 채워나갈 수 있게 도와주세요."

삶을 객관화 시키려면 떠나야 한다

"공연히 딜레마에 빠질 때가 많아요. 세상에 두 가지 방법밖에 없다고 생각하는 거죠. 그러니까 A가 마땅찮으면 B밖에 없다고 생각하는 거예요. 하지만 그건 옳지 않아요. 아직 남은 알파벳이 얼마든지 있잖아요."

《800만 가지 죽는 방법》이라는 소설에 나오는 글이다. 그렇다. 불평불만을 늘어놓기만 할 때는 문제를 풀 수 있는 방법이 전혀 없는 것 같다. 그래서 우리는 계속 불평하면서 시간을 낭비한다. 사실은 수백만 가지 다른 방법들이 있는데, 그런 것들은 찾아보려고도 하지 않는다. 자 그럼, 해결책을 어떻게 찾아야 할까? 어떻게 하면 그것을 발견할 수 있을까?

사람들은 대체로 자기 생각에 갇혀서 일을 판단한다. 즉 모든 것의 기준이 자기 자신일 때가 많다. 한 개인이 부딪친 문제, 헤어날 길 없다고 느낄 만큼 꽉 막힌 문제, 그런 것들을 풀기 위해선 일단 거리를 두어야 한다.

떠나보아야만 알 수 있다. 어차피 해결책은 자신이 경험한 것 중에서 가장 낫다고 판단되는 것을 선택할 수밖에 없고, 그것을 찾아내기까지는 시간과 거리가 필요하다. 그러므로 문제가 생겼을 땐 일단 떠나보아야 그 상황을 제대로 파악할 수 있다. 얼굴을 너무 들이밀고 들여다보면 잘 보이지 않는 법이다. 마음의 거리, 육체의 거리를 어느 정도 유지해야 객관적으로 더 잘 볼 수 있다.

장자의 '소요유'에 대붕(큰새)이 나온다. 큰 날갯짓을 하면서 대붕이 날아간다. 세상의 모든 이들이 대붕을 보며 '왜 저렇게 높이 날지?' 하는데도 새는 하늘 높이 더 하늘 높이 올라간다. 그런 다음 앞으로 쭉 뻗어 나아간다. 대붕처럼 높이 올라가서 바라보면 더 넓게 볼 수 있다. 산도 마찬가지다. 등산을 해보면, 정상에 올랐을 때 내려다보이는 풍경과 오르는 중간중간에 내려다보이는 풍경은 확연히 다르다. 더 나아가 능선을 타고 이 산에서 저 산 봉우리로 이동하며 바라보는 풍경 역시 또 다르다. 높은 만큼 더 멀리, 더 넓게 보이게 마련이다.

거리를 둔다는 건 이런 거다. 여행이란 이런 것이다. 자신이 머문 곳에서 떨어져서 바라봐야 시야 확보가 더 잘된다. 자신의 삶, 직장, 연인, 친구, 동료, 인간관계 모두 그렇다. 레오나르도 다빈치가 말했다. "먼 곳으로 떠나라. 그럼 더 많은 부분이 눈에 들어오고, 조화를 이루지 못한 것들과 균형을 이루지 못한 것들이 더 쉽게 눈에 들어올 것이다."

옆에서 떠들어대는 소리, 내 삶이 삐그덕대는 원인을 가까이에서만 들여다보면 스트레스만 남는다. 일단은 떠나보아야 보이기 시작한다는 사실을 기억하면 좋겠다. 그래야 더 큰 그림을 볼 수 있으니까. 설령 해결하지 못하더라도 여행은 그 자체로 삶에 여유를 선물해준다.

카메라

사제스님이 사진 찍는 것을 좋아한대서 찍어놓은 사진을 들여다보다가 이상한 게 있어서 물었다. 도대체 뭘 찍은 사진이냐고. 그랬더니 손을 찍었는데 너무 가까이에서 찍었더니 초점이 흐려져 뭔지 전혀 알 수가 없다는 답이 돌아왔다.
사물도 그런가 보다. 사람만 그런 것이 아니라. 연인도 너무 가까워서 서로를 잘 보지 못할 때가 있고, 가족도 정말 잘 안다 싶으면서도 정작 중요한 일을 모를 때가 있다. 가까운 친구도 어떤 특징적인 것만 도드라지게 받아들이고 다른 건 잘 모르는 경우가 허다하다.
사물도 사람도 거리가 필요하다. 카메라가 초점을 맞추려면 사물에서 조금 멀어져야 하는 것처럼, 사람 사이도 어느 정도 거리를 두어야 제대로 서로를 볼 수 있다. 전체를 조망하려면 그곳을 벗어나야 하는 것처럼, 가끔은 일상에서 벗어나 스스로를 돌아보는 것도 좋을 것이다.
'아, 내가 이렇게 살고 있구나', '내가 중요한 것을 놓치고 있었구나', '그가 내게 이렇게 소중한 사람이었구나.' 나도 모르게 놀라운 발견을 하게 될지 모른다.

넘어진
덕분에

길이 꽁꽁 언 어느 겨울이었다. 선거철이라 낯선 얼굴들이 벽면에 가득했다. 별 생각 없이 벽에 붙은 포스터 바라보며 천천히 걷다가 뭐에 걸렸는지 꽈당 넘어지고 말았다. 마침 중학교 교문에서 아이들이 와르르 쏟아져 나왔다. '아, 이런.' 잽싸게 일어나고 보니 무릎도 아프고 손도 아팠다.

앗, 피!
얼른 가던 걸음을 돌려 고개 푹 숙이고 오던 길로 달아났다. 숙소로 돌아와 거울을 바라보니, 얼굴이 시멘트 바닥에 갈렸나보다. 옷은 찢어지고 손바닥과 무릎이 피가 줄줄, 상처투성이다.

승복 입고 걷다 보면, 남들 시선을 많이 의식하게 되는데 그렇게 넘어지고 나면 허둥지둥 안 그런 척하며 얼굴부터 빨개진다. 그래서 나는 되도록이면 두 발을 당당하게 땅에 잘 딛고 걷는다. 씩씩하게 보이고 싶은 이유도 있지만 넘어지지 않으려고 그러는 거다.

그러던 어느 날, 산책길에 또 한 번 꽈당 하고 넘어졌다. 마침 주위에 아무도 없었다. 마음이 느긋해진 탓인지 넘어진 채로 하늘을 보며 뒤로 벌렁 누워버렸다. 그랬더니 세상에, 눈앞에 펼쳐진 저 하늘…. 언제 이렇게 누워서 바라보았던가 싶다. 넘어지고 나서야 제대로 바라본 하늘 풍경이다.

사는 것도 이렇겠구나.
넘어지고 나면 평소와는 다른 각도에서 사물을 볼 수 있겠구나.
넘어졌다고 괴로워할 필요 없겠구나.
넘어진 덕분에 이렇게 또 다른 세상을 발견할 테니.

이 일이 정말
화낼 만한 일인가?

거짓말과 간교한 말솜씨로 사람 사이를 이간질하는 사람을 본 적이 있다. 없는 일도 만들어내고, 하지 않은 말도 무수히 쏟아내는 그 사람을 보다가 나는 '세상에 뭐 이런 사람도 있나?' 싶어 처음엔 어이가 없었다. 그러다 갈수록 화가 났고 결국 나는 더 이상 그에게 친절하게 대하기를 멈췄다. 웃어 보이지도 않았고, 거리를 두며 무시해버렸다. 어지간한 사람 꼴은 그냥 넘어가는 나도 자못 기분이 상해 빨리 그 인연들로부터 벗어나고 싶었다. 셔터를 내리듯 얼른 마음의 문을 닫아버렸다.
나만 그런 것이 아니다. 사람들이 대체로 그렇다. 제아무리 맘씨 좋은 사람이라도 일단 한번 틀어져 화가 나면 순식간에 돌변해 버린다. 일상에서 비일비재하게 일어나는 이 사실을 우리는 잘 안다. 감정이란 것이 이토록 허망한 것이다.

가끔 사람들의 하소연을 들어보면, 화가 나는 이유도 참 다양하다. 돈이 없어서 화가 나고, 아이들이 말을 안 들어서 화가 나고, 남편이 술 마시고 늦게 들어와서 화가 나고, 다른 여자 만나는 것 같아서 화가 난단다. 또 어떤 청년은 지하철에서 앞 사람이 자기를 계속 쳐다봐서 화가 나 죽는 줄 알았다며 하마터면 그 자리에서 앞 사람 멱살을 잡을 뻔했다는 얘기도 털어놓았다.
사실 화가 난 이야기를 듣다 보면 에너지가 전이되어 그런지 나까지 짜증스러워진다. 그런데 그런 얘기를 듣다 보면 한편 이런 생각도 든다. 그 많은 이유가 정말 화낼 만한 일일까? 화낼 만한 타당한 상황보다 우리의 욕심이 과한 경우가 더 많지는 않을까?
때론 화가 가득해서 말조차 건네기 어려운 이들도 있다. '누가 건들기만 해봐라' 하는 울화가 치민 표정으로 주위를 긴장시킨다. 일이 있으면 있어서, 일이 없으면 없는 대로 화가 난단다. 화가 목까지 차서 터지기 일보 직전의 울퉁불퉁한 표정. 오늘날 우리의 자화상이 아닌가 싶어 마음이 아프다.

화를 내는 건, 결과만 놓고 보면 결국 '제 얼굴에 침 뱉기'일 때가 많다. 화 잘 내는 사람으로 평판만 나빠질 뿐, 해결되는 일이 별로 없다. 그러니 일상의 사소한 일로 인한 화는 그냥 지나가는 게 낫다. 그러려니 하고 넘어가야지 내 삶을 좌우할 만한 일도 아닌데 어떻게 매번 걸고 화내고 넘어지겠는가. 사소한 일에 화를 내는 것은 자기 인격을 떨어뜨리는 일이요, 내 삶의 질을 나쁜 방향으로 몰고 가는 헛발질에 불과할지 모른다.

더러 화를 참으면 스트레스 쌓여서 정신 건강에 안 좋다는 분도 있다. 하지만 어느 정도의 스트레스는 다스리는 법도 배워 나가야 하지 않을까. 여기서 내가 말하는 화는 일상에서 일어나는 소소한 사건이나 다툼에서 비롯한 화이다. 하지만 정작 분노해야 할 일은 따로 있다.
매일 콩나물시루 같은 지하철을 타고 출근하는데도 정당한 노동의 대가를 받지 못한다면 이런 일에는 화를 내야겠지. 공정한 배분이 이루어지지 않고 정의롭지 못한 일이 벌어지면 화를 내야지, 옆 사람이 조금 밀었다는 둥 왜 젊은 사람이 앉아 있냐는 둥 그런 사소한 일에 일일이 화를 내고 살면 어떻게 살겠는가 말이다. 화가 나도 화를 내서는 안 되는 일들이 세상에는 더 많다. 나도 모르게 화가 올라올 땐 '이것이 정말 화낼 만한 일인가'라고 먼저 생각해봤으면 좋겠다.

화라는 건, 분노라는 건 기본적으로 '이것이 화낼 일인가? 참고 넘어가도 될 일인가?' 생각했을 때 결정된다. 만약 화를 다스리기 힘들다면 명상이라도 하고, 호흡이라도 고르면서 마음을 정리해야 한다.

내가 가진 신념 중 하나가 이것이다. '이 문제가 내 인생에 크게 영향을 끼칠 만한 일인가' 하는 것이다. 사람들은 항상 '갑'이 되어 주도권을 잡으려고 하는데, 그것이 정말 내 인생에서 중요하고 가치 있는 일이라면 적극적으로 나서서 주도권을 잡겠지만, 그렇지 않고 남들과 함께 어울려 가는 일이라면 선택권은 대개 상대방에게 넘기는 게 좋다는 생각이다. 그다지 문제 되지 않는다면 조금 양보하고 손해 보는 게 훨씬 더 속이 편하다. 좋든 싫든 현혹되지 않고 대세에 지장 없으면, 상대가 원하는 대로 하는 게 화를 만들지 않는 방법이 아닐까 싶다. 우리 삶을 헛되이 화내는 일로 너무 많이 소모하진 말자.

화날 때의
원칙

화가 날 때는
첫째, 감정을 비울 것.

둘째, 호흡을 하며
마음을 가라앉힐 것.

셋째, 몸을 움직여 청소하고
주변을 정리, 정돈할 것.

그래도 화가 날 땐 무조건 잊을 것.

식은 재

화가 나는 어떤 상황에 놓였을 때, 나는 식은 재가 되고자 한다.
오래된 법당에 놓인 식은 향로 안의 재 말이다.
화를 낼지 말지 사실 잠깐만 생각하면 답은 뻔하다.

예를 들어 아침 식탁에서 남편과 다투었다면
이미 행복한 아침 밥상은 사라지고 없다.
아이가 밥 먹다가 컵을 깨뜨렸을 때도 마찬가지다.
화를 내면서 아이를 야단치면
아이는 울며 더 이상 밥을 먹지 않는다.

대신 아이가 다치지 않았는지, 놀라지 않았는지 챙겨주면
아이의 사랑과 신뢰를 얻는 건 물론이요,
더 맛있게 다시 식사할 수도 있으리라.
사랑의 힘, 이해하고 품어주는 힘은 이런 것이다.

간소한 삶

아름다운 영혼

멋진 사람으로 기억되는 법

스님들과 모여 앉아 담소를 나누다 이런 이야기를 들었다. 한 스님이 어릴 때 구슬치기를 엄청 잘했는데, 구슬만 따면 모두 집으로 가져가 애지중지 항아리에 모아뒀다고 한다. 물론 그 많던 구슬이 어디로 갔는지는 알지 못한다. 그리고 훗날 스님이 된 후에 우연히 어릴 적 소꿉친구를 만났는데, 구슬 하나에도 그렇게 목숨 걸고 욕심 부리던 네가 어떻게 출가를 했느냐며 몹시 의아해해서 얼굴이 빨개졌다는 것이다. 다들 한바탕 웃으며 "욕심쟁이였군요"라고 놀렸다.

"만약 그때 딴 구슬들을 다시 친구들에게 돌려줬다면 얼마나 좋았을까요? 그랬다면 스님은 진짜 멋진 친구로 기억됐을 텐데 말이죠."

사실 나도 말은 이렇게 했지만, 그 구슬처럼 쓸데없이 모아둔 것은 없는지 돌아보았다. 그러고 보니 기억에 남는 일이 하나 있다. 어머니 얘기다. 아니 더 정확히 말하자면, 어머니 장례식장에 와서 '화투 칠 짝이 안 맞아서 이제 어떻게 하느냐'며 대성통곡하던 아랫집 아주머니에 대한 기억이다. 어머니의 절친이셨던 아주머니는 영정 앞에서 바닥을 치며 실컷 울고는 사람들에게 어머니를 회고하며 말했다.

"세상에 이런 사람 또 없지. 뭐든지 혼자 먹는 법이 없어. 늘 나누어줬지. 경로당에서 화투를 치면 맨날 자기가 이기는데도, 꼭 그냥 안 가고 자기가 딴 돈을 가지고 사람들 먹을 거 사주고, 돈도 다 돌려주고 갔다니까 글쎄. 아이고. 그런 사람이 어딨어. 엉엉. 이제 우리는 누구랑 화투 치냐. 짝이 안 맞잖아. 아이고."

상주인 나도 웃음을 참지 못해 입을 가릴 정도였다. 옆에서 누군가 웃으며 말했다. "아, 진짜. 저 아줌마 때문에 미치겠네. 뭐라는겨 시방. 장례식장에 와서." 어느새 그 슬픈 와중에도 웃음꽃이 피져나가는 희한한 장례식장 풍경이 되었다.

그때는 미처 생각지 못했는데 이제와 돌이켜보니, 의외로 좋은 사람으로 기억되는 건 참 쉬운 일일 수 있겠다 싶다. 마음 한 번 돌리면 그뿐이니까. 모두의 즐거움을 위해 마음 한 번 넉넉히 쓰고 사람들에게 돌려주면 좋은 사람으로 기억될 수 있다.

사람들 기억 속에 자신이 어떤 존재로 남을지는 전적으로 자기의 행위에 달렸다. 별일 아닌 것을 움켜쥐고 끝내 버틸지, '모두에게 좋은 것이 옳은 걸 거야'라고 생각하고 손에 쥔 것을 펼쳐 나눌지는 순전히 자기 선택이다. 나는 지금 얼마나 움켜쥐고 있을까? 당신은 또 얼마나 움켜쥐고 있을까? 꽉 쥔 주먹을 펴보면 스스로 알아차릴 수 있으리라. 자신이 얼마나 헛된 욕심에 사로잡혀 있는지 말이다.

'꽃향기는 바람을 거스를 수 없어도 덕 있는 사람의 향기는 사방에 퍼진다'고 했다. 또 '누가 나무 그늘 아래 앉아 있다면 반드시 언젠가 누군가는 그 나무를 심었다는 얘기다'라는 말도 있다. 이처럼 덕과 지혜가 있고 비울 줄 안다면 모두에게 멋진 사람으로 기억되리라.

멋 부리는 날

창밖으로 펄펄 날리는 눈을 바라보며 비발디의 '겨울' 악장을 들었으나, 그럼에도 더 이상 가만히 있을 수 없어 산책을 나서기로 했다. 우선은 머리를 파르라니 단아하게 깎고서. 털모자에 목도리를 두르고 눈을 맞으며 유유히 걷는데 길가에 꽃가게가 보인다. 꽃을 좋아하는 나는 꽃가게 앞을 지날 때마다 걸음을 멈추곤 하는데, 이날 유독 내 발길을 잡는 아이가 보였다. 바로 '섣달 매화臘梅'였다.

"이 눈 오는 날에 스님한테 매화를 팔게 됐으니 올해는 복을 많이 받겠는데요."

꽃가게 아주머니의 덕담이 즐겁다. 우리의 웃음꽃처럼 꽃봉오리가 촘촘하게 맺힌 매화 몇 가지를 골라 신문지에 쌌다. 나는 꽃봉오리들의 만개한 미래를 상상하며 설레는 마음으로 매화를 품에 안고 돌아왔다.

화병을 찾다가 한지를 말아 꽂아둔 항아리를 비우고 매화를 꽂았다. 우아함을 뽐내며 굽은 가지조차 꼿꼿하다. 서재 한쪽 벽에 모셔둔 고려불화 '수월관음도' 액자 앞에 침향 한 가닥 사르고, 낡은 탁자 위에 화병을 얹으니 딱 제자리다. 금세 온 방에 봄이 찾아온 건 말할 것도 없다.
중국 명나라 말의 문인 원중랑은 '이른 봄날에 야윈 사미승(소년승)이 매화를 꽃꽂이하는 모습'을 운치 있는 풍경으로 꼽았다. 하지만 나는 불혹을 넘긴 지 몇 해나 되었나 생각하며 살며시 미소 지었다.
'노랗게 핀 매화 한 가지에 온 세상이 봄이 되었네一枝臘梅十方春.'

온 세상을 하얗게 뒤덮은 눈도 머지않아 봄기운에 녹을 테고, 세상은 또다시 온갖 차별상差別相과 다채로운 색상을 드러내겠지? 매화 향기 그윽하니 책 한 권 펼쳐들고 꽃잎 띄워 차나 한잔 마셔야겠다. 서가에서 법정 스님의《물소리 바람소리》를 꺼냈다. 책을 펼치니 마침 딱 떨어지는 글이 있다. 법정 스님도 이 글을 읽고 있으면 사는 일이 즐겁다고 하신다. 나로선 도시에 사는 내가 가장 바라는 풍경이 고스란히 담겨 있어 좋다. 중국 송의 유학자 나대경의 글이다. 이 글을 읽는 당신의 귓가에도 시냇물이 흘러가는 소리가 들릴 것이다.

내 집은 깊은 산골에 있다. 봄이 가고 여름이 다가올 무렵이면 푸른 이끼가 뜰에 깔리고 지는 꽃잎이 길바닥에 가득하다. 사립문에는 찾아오는 발자국 소리 없으나 솔 그림자는 길고 짧게 드리우고, 새소리 높았다 낮았다 하는데 낮잠을 즐긴다.

이윽고 나는 샘물을 길어오고 솔가지를 주워다가 차를 달여 마신다. 그리고 생각나는 대로 주역, 국풍, 좌씨전, 이소경과 태사공의 그림과 도연명, 두자미의 시와 한퇴지, 소자첨의 문장 등을 읽는다. 그런 뒤 조용히 산길을 거닐면서 소나무와 대나무를 어루만지기도 하고, 사슴이나 송아지와 더불어 풀섶에서 뒹굴기도 한다. 앉아서 흐르는 시냇물을 구경도 하고, 또 맑은 시냇물로 양치질을 하거나 발을 씻는다.

돌아와 죽창 아래 앉으면 아내와 자식들이 죽순나물, 고비나물을 만들고 보리밥을 지어준다. 나는 기꺼이 이를 배불리 먹는다. 이윽고 붓을 들어 크고 작은 글씨 수십 자를 쓰고 집안에 소장된 법첩과 묵적 서권을 펴놓고 실컷 구경한다.

그리고 집을 나가 계산으로 가서 친구들을 만나 뽕나무와 삼을 묻고 메벼와 찰벼를 말하며, 음양을 헤아리고 절후를 따지며 서로 어울려 한참 동안 이야기한다.

다시 돌아와 지팡이에 기대어 사립문 아래 섰노라면, 지는 해는 서산마루에 걸려 노을이 붉게 타오르고 빛깔이 수만 가지로 변한다. 소를 타고 돌아오는 목동들의 피리소리에 맞춰 달이 앞 시내에 돋아오른다.

나는 그런 사람이
되고 싶다

나는 자유로운 사람이 되고 싶다.
내가 가진 모든 것들에 집착하지 않으며 살고 싶다.
나를 사랑하고 미워하는 사람들로부터 자유로워지고 싶다.
미래에 대한 걱정 때문에 쌓이는 가난의 증거들,
그 가난과 돈으로부터 자유로워지고 싶다.
나를 옭아매는 모든 감정으로부터 자유롭고 싶다.

나는 용기 있는 사람이 되고 싶다.
욕심 때문에 내려놓지 못하는 것을 과감히 떨칠 줄 알고,
과분하면 어떤 지위도 어떤 인기도 포기할 줄 아는 용기,
헛된 소문과 귓가에 소곤거리는 이간질을 떨칠 줄 아는 용기.
어떤 상황에서도 놀라지 않고 이겨내리라 믿는
그런 용기를 갖고 싶다.

나는 나를 아끼는 사람이 되고 싶다.
건강관리를 하고 자기 관리를 잘하는 사람이고 싶다.
저질 체력으로 비실비실 휘청휘청하지 않고

활력을 불어넣을 운동과 취미를 숨 쉬듯 자연스레 하고 싶다.
그리고 시간이 날 때는 문밖을 나서서 걸을 것이다.
걸으며 바람에게 물을 것이다, 사는 게 무엇이냐고.

나는 따뜻한 미소를 잃지 않는 사람이 되고 싶다.
나를 보는 것만으로도 기분이 좋아지는 사람,
내 목소리를 듣는 것만으로도 마음을 녹일 수 있는 사람.
언제나 따뜻하게 웃는 모습을 사람들에게 보여주고 싶다.
설령 그것이 때론 아픔을 감추는 헛헛한 웃음일지라도
험악한 얼굴이 아니라 늘 고운 미소로 화답하고 싶다.

나는 심플하되 우아하게 살고 싶다.
골치 아픈 일에 심각하지 않고
복잡한 일일수록 단순하게 생각하며
화려한 일에는 근본을 찾아가면서
간소하지만 우아하게 살고 싶다.

바람 한줄기에도 사색할 줄 알고

책 한 줄에도 철학할 줄 아는 삶.

내 머리카락이 우수수 떨어져 나가던 그 처음 삭발날처럼,

온갖 번뇌 홀연히 내려놓고

나는 그렇게 가볍게 천천히 살고 싶다.

LEE
So
Myung

집 안을 깨끗이 정리하고 나면

마음까지 상쾌하고 고요해진다.

마음이 상쾌하고 고요해지면 초조함이 없다.

조바심 낼 일도 없고, 화낼 일도 사라진다.

삶의 공간을 깨끗이 하는 일은

곧 내 인생을 정돈하는 일이다.

비우고 버린 뒤에는 더 아름다운 것들로 충만하리라

이사철이 돌아왔나 보다. 도반 절로 향하는 길에 키 큰 사다리차, 이삿짐 차를 두 번이나 만났다. 절에 도착하니 동안거(겨울 수행 기간)를 마치고 돌아온 스님들이 짐을 정리하고 있었다.
또 최근에는 한 지인이 이사를 한다는 소식을 전해왔다. 짐 정리할 게 많더라는 걱정과 함께. 특히 자신에게 만화책이 이렇게 많은 줄 몰랐다며, 싱글의 삶을 외롭지 않게 해준 만화책이야말로 자신이 가장 아끼는 물건이라며 꽃처럼 환하게 웃었다. 그런데 그 소중한 책을 기어이 버리겠단다. 순간 나도 모르게 아깝다는 생각이 스쳤다. 에고, 버릴 거면 그 만화책 나나 주지. 그러나 체면이 있는지라 차마 입이 떨어지지 않았다.
눈치를 챈 것인지 엊그제 작은 선물이 하나 도착했다. 열어보니 만화책이다. 외로운 스님에게 전하는 기념품이란다. 아끼는 물건을 그냥 버리기는 아깝고 해서 주위에 나누는 것으로 비움을 대신했나 보다. 뜻밖의 선물에 미소 가득한 얼굴이 되고 보니, 슬그머니 나도 봄맞이 정리 좀 해야겠다 싶었다.
가벼운 마음으로 정리를 시작했는데, 꺼내고 보니 불필요한 책부터 그만 입어도 될 법한 옷가지까지… 비우고 버릴 것들이 꽤 나왔다. 일단 버릴 것들을 분류해서 한쪽에 모았다. 이제 밖에 내놓기만 하면 끝이다. 그런데 문제가 생겼다. 책 묶음을 드는 순간 다시 살펴보고 싶어 발길이 떨어지지 않는 것이다. 결국 쓰레기 뭉치를 풀고는 '이건 추억 있는 물건인데', '저건 또 볼 책인데' 하며 하나둘 제자리로 돌아가는 사태가 발생하고 말았다. 버리는 게 참 쉽지 않은 일이었다.

언젠가 TV채널을 돌리다가 모델 이소라의 인터뷰를 본 적이 있다. 그녀는 집안에 물건이 거의 없는 상태로 살고 있었다. 그렇게 사는 이유에 대해 물었더니 "저는 언제든 떠나고 싶을 때, 가방 하나만 달랑 들고 떠날 수 있게 살고 싶어요"라고 답했다. 이 말이 얼마나 충격이었는지 모른다. 출가자도 아니고, 심지어 모델 일이라는 게 유행을 따르는 수많은 물건들 속에 살아야 하는 직업 아니던가. 미래를 향해 질주하는 사람의 입에서 나올 법한 말이 아니었다.

《무소유》로 유명한 법정 스님이 하신 말씀 중에 이런 게 있다.

"우리의 소유 관념이 때로는 우리 눈을 멀게 한다. 그래서 자기의 분수까지도 돌볼 새 없이 들뜬다. 그러나 우리는 언젠가 한 번은 빈손으로 돌아갈 것이다. 하고 많은 물량일지라도 우리를 어떻게 하지 못할 것이다."

하지만 이분이야 스님이니까 그렇지. 모델의 입에서 '소유로부터의 자유'를 듣게 될 줄은 몰랐다. 마침 한 철학 잡지를 읽고 있었는데, 그때 본 글귀가 이소라의 인터뷰만큼이나 내게 강렬한 인상을 남겼다.

"부처가 깨달음을 얻기 위해 필요했던 것은 앉을 수 있는 자리가 전부였다. 요즘은 누군가 명상을 하고 싶다고 하면 기업들은 명상 베개와 테이프, 명상용 바지, 명상용 향 등을 구입해야 한다고 속삭인다. 하지만 그런 것들은 실제로는 필요하지 않다."

이 글을 읽고 피식 웃음이 났다. 예쁘지만 쓰레기가 되어버린 물건들이 지금 내 눈앞에도 여기저기 널려 있다. 해마다 하고 싶은 일, 갖고 싶은 것이 많았는데 이제는 좀 치워야겠다. 이것도 비우고, 저것도 좀 버리는 게 좋겠다. 비우고 버린 뒤에는 더 아름다운 것들로 충만할 테니.

버려야 하는
이유

뭔가를 채우는 일은 우리 인간의 본능일지 모른다.
그래서 채우는 일은 쉽다.
하지만 버리고 비우는 일은 노력이 필요하다.
지나치게 많이 소유하면 짐이 된다는 사실,
비워야만 다시 채울 수 있다는 평범한 깨우침을
늘 인식하고 욕심 내지 않으려 노력해야만 가능한 일이다.

버려야 얻을 수 있다.
버려야 누릴 수 있다.
버려야 채울 수 있다.
우리가 버려야 하는 이유다.

해결방법은 뜻밖의 곳에 있는지 모른다

요즘 나의 고민은 책이다. 나는 출가한 이래로 지금껏 많은 책을 모았다. 책이라고 생긴 건 그게 무엇이든 다 갖고 싶었던 적이 있을 정도다. 그런데 그렇게 애지중지 모아온 책이 언제부턴가 내 발목을 잡고 늘어지기 시작했다. 어디론가 훌쩍 떠나고 싶어도 이 많은 책을 어디 둘 곳이 마땅치 않기 때문이다. 버리고 싶어도 버리지 못하는 이상한 관계를 지금까지도 지속하고 있다.

그러던 어느 날, 도서관에 갔다가 다짜고짜 책을 기증하고 싶다고 말했다. 일본판 대장경, 영문판 대장경, 팔리어판 대장경 이렇게 세 종류를 기증할 테니 받아달라고 말이다. 그날 갑자기 무슨 마음이 든 것인지 모르겠다. 일단 안 보는 책부터 빨리빨리 누군가 볼 수 있도록 만들어주고, 나는 그로부터 속히 자유로워지고 싶다는 생각뿐이었다.

대장경 몇백 권 없어진다고 해서 내 서가에 영향이 있는 것도 아니다. 여전히 돌아보면 침울한 시선으로 나를 바라보고 있는 책들이 방 안에 빼곡하다. 그래서 책장 두 개를 없애고, 다시 세 개를 더 없앴다. 중고서점에 내다 팔기도 하고, 버리기도 했다. 스스로도 대견할 정도의 발전이다.

기찻길 옆에 살던 사람이 있었다. 그는 하루 종일 기차 소음과 기차를 타고 내리는 사람들이 만들어내는 소음 때문에 마음 편할 날이 없었다. 이중창을 설치하기도 하고, 귀마개를 해보기도 하고, 철도 회사에 항의도 해보고… 그가 할 수 있는 모든 방법을 다 동원했지만 소용없었다. 그렇게 하루하루 신경이 날카로워져 가던 어느 날, 더 이상 이렇게는 못살겠다 싶어서 그는 정신과 상담을 받으러 갔다. 의사선생님이 아주 멋진 처방전을 내려주었다. 그것은 바로 그 철도 회사의 주식을 사라는 처방이었다.

남자는 정신과 의사가 시키는 대로 철도 회사 주식을 샀다. 그랬더니 신기한 일이 벌어졌다. 그 후에는 기차 소리가 소음처럼 들리지 않았던 것이다. 오히려 열심히 잘 달리고 있는 것 같아서 듣기 좋기만 했다. 기차를 이용하는 수많은 사람들이 만들어내는 소음 역시 많은 사람들이 철도를 이용하는 증거 같아서 기분이 좋았다. 기차가 잘 달리면, 그러니까 많은 사람들이 기차를 이용하면 주식이 올라갈 테고, 그럼 주식을 산 자신은 부자가 될 테니까 기분이 좋아진 것이었다.

책에 대한 나의 집착은 아직도 많이 남아 있다. 책이 나를 붙잡는 것이 아니라 여전히 내가 책을 붙잡고 있다. 언제까지 이렇게 아우성치며 붙잡고 있을지는 모르겠지만, 당분간은 계속될 것 같다. 하지만 도서관에 기증한다고 말한 뒤부터는 마음이 가벼워졌다. 얼마든지 맡길 곳이 있는데, 무엇하러 고민했었나 싶다. 비단 물건만 그런 게 아닐 것이다. 사람도 마찬가지로 상대방의 마음과 상관없이 자기 혼자서 북 치고 장구 치고 애걸복걸하는 것일 수 있다. 조금만 내려놓으면 더 여유롭게 사랑하고 편안해질 텐데. 그러니 두 손으로 붙잡지 마라. 한 손으로만 잡아도 충분하다.

잠깐 멈춤

아침 일찍 일어나 침향 한 자루를 사르고, 고요히 앉아 아침이 오는 소리를 듣는다. 내 삶의 발자취도 세월이 가면 이렇게 스르르 사라지겠지? 가만히 눈을 감고 마음에 여백을 만들어본다.
예전에 책을 내는 일로 어느 사진작가의 도움을 받아 하루 종일 사진을 찍은 일이 있었다. 사진작가는 내게 복잡한 명동 거리에서 만나자고 했다. 평소라면 전혀 갈 일 없는 곳이다. 약속한 장소에 도착하니 사람이 정말 많고 복잡했다. 이런 곳에서 어떻게 사진을 찍지? 의아해하는 내게 사진작가는 대비되는 사진을 찍고 싶다고 설명했다. 복잡함과 여유로움, 그것을 담고 싶다고 말이다.

그는 길 한복판에 나를 세워두고 움직이지 말라고 했다. 사람들이 지나가도 쳐다보지 말고, 눈도 깜박이지 말고, 그냥 그대로 있으라는 것이다. 우선멈춤 정지 상태로 꼼짝 말고, 그냥 그렇게 서 있으라고 했다. 근데 그게 말처럼 쉽지 않았다. 난 전혀 움직이지 않은 것 같은데, 카메라에는 조금씩 흔들리는 모습으로 나왔다. 여러 번 반복해도 역시 마찬가지였다. 내가 봐도 참 이상했다. 난 움직이지 않은 것 같은데… 확실히 도가 부족한가 보다.

그렇게 나는 서울에서도 가장 복잡한 동네 명동, 명동에서도 가장 혼잡한 길목에 서서 사진을 찍었다. 사진 찍는 일이 익숙하지 않은 난 굳은 표정으로 그 자리에 그렇게 서 있었다.

사진을 찍고 돌아와서도 명동 거리에서의 경험은 오랫동안 여운으로 남았다. 모두가 바삐 걸어 지나가는 가운데 나 혼자 멈춰 서 있던 생경한 경험. 세상은 모두 변해가는데 나 혼자 정지된 느낌을 머릿속으로나 감정적으로는 짐작할 수 있지만, 실제로 거리에서 육체를 정지시켜 경험하는 건 매우 낯설고 드문 일이다. 바삐 걸어가는 사람, 후다닥 뛰어가는 사람, 삼삼오오 무리 지어 이야기를 하며 지나가는 사람, 그들이 그렇게 서둘러 어디론가 향해가는데 나 혼자 초연하고 한가로이 보내는 행위는 과연 무엇을 의미할까? 고고함인지, 유연함인지, 아니면 어리석음인지 알 수 없는 풍경이었다.

생각해보면 인간의 삶이란 것이 결국은 여유로움, 한가함을 원하는 것이 아닐까 싶다. 걸어가는 사람은 달려가는 사람이 부러울 테고, 달려가는 사람은 차 타고 가는 사람이 부러울 테지만, 그러나 한편으로는 가만히 일없이 서 있는 내 모습을 보는 것만으로도, 번잡한 도로에서 좋은 차를 버리고 뛰쳐나와 유유히 걷고 싶은 것이 소망인 사람도 있을 테니까 말이다. 어쩌면 인생은 그런 것일지도 모른다. 갖고 싶지만, 갖고 나면 버리고 싶은 것.
강화 전등사 절 기둥에 적힌 멋진 글을 본 기억이 난다. 거기에 한 기둥 한 기둥 이런 글이 쓰여 있었다.

終日無忙事(종일무망사) 온종일 바쁜 일 없이 한가로우니
焚香過一生(분향과일생) 향이나 사르면서 일생을 보내려네.
聽鳥明聞性(청조명문성) 새 소리 들으며 마음자리 밝히고
看花悟色空(간화오색공) 꽃 보며 색과 공을 깨우치려네.

嶺上多白雲(영상다백운) 산봉우리 위엔 흰 구름 많고
袖中有東海(수중유동해) 옷소매 속엔 동해가 들어 있네.
孤月浪中飜(고월랑중번) 외로운 달은 파도 속에 잠겼는데
薄雲岩際宿(박운암제숙) 엷은 구름 바위 사이에 머무는구나.

온종일 바쁜 일 없이 한가로이 향이나 사르면서 일생을 보낸다니, 얼마나 고상한 삶인가. 하지만 이런 삶을 살아본 사람들은 허허로이 웃을지 모른다. '그래, 어디 한번 살아봐'라고 하면서 말이다. 막상 그렇게 살아보면 말만 멋질 뿐 육신은 고달프기 짝이 없음을 알게 되기 때문이다.

그렇다. 멋있게 살려면 가난하게 살 줄도 알아야 한다. 맑은 새벽 공기 들이마시며 계절마다 달라지는 숲의 향기, 바람의 향기만으로도 행복할 줄 알아야 한다. 가난해야 저 달도, 대숲의 바람도 방 안에 들여놓을 수 있는 법이다. 도시에서 사는 것도 별반 다르지 않다. 복잡한 세상에서 그나마 한가롭게 살고 싶다면, 여유를 찾고 싶다면, 조금은 외롭게 고요하게 살 수 있어야 한다. 고독해도 괜찮아야 한다. 그래야 저 달이 보인다.

보통 우리가 원하는 경제적 여유는 편리함을 가져다주므로 매우 좋은 것이지만, 그 경제적인 여유를 유지하고 싶은 마음에 우린 너무 많은 것들을 잃어버리고 산다. 영국의 종교학자인 카렌 암스트롱의 《축의 시대》를 읽다 보니 거기 이런 말이 쓰여 있었다.

"안타깝게도 우리가 서로 해치고 상처를 내는 능력은 우리가 이룬 경제적, 과학적 진보에 뒤처지지 않고 함께 발전해왔다."
나는 이 말을 오래 곱씹었다. 경제적 성장에 따라 상처 내는 능력도 커졌다는 말은 길고 긴 역사까지 들추지 않아도 얼마든지 우리 삶 안에서 흔히 발견할 수 있는 일이기 때문이다.
주위를 둘러보면 상처 입은 사람이 참 많다. 그것은 그만큼 상처를 준 사람도 많다는 얘긴데, 사실 본인이 상처를 주었다고 시인하는 사람은 별로 없다. 상처 준 이는 없고 상처받은 사람뿐이다.

돌아볼 일이다. 내가 상처 준 이가 없는지. 내 삶이 어렵다고 안달복달하느라, 내 상처만 부여잡고 치유하기 급급하느라 상처 내는 능력만 키우고 있는 건 아닌지, 새 소리 들으며 꽃 보며 삶을 돌아볼 일이다. 인간의 이기심은 대개 비슷하다. 내가 싫은 것은 남도 싫고, 내가 좋은 것은 남도 좋다. 그 간단한 이치만 알면 마음에 빈 공간이 생긴다. 지금 이 순간, 잠깐 멈추고 복잡한 세상, 복잡한 관계 속에서 여유를 찾기 바란다.

걱정 줄이기

꼭 필요한 물건만 소유하듯
걱정도 꼭 해야 할 일에 대해서만 하자.
쓸데없는 걱정으로 시간을 허비할 필요 없다.
우리는 대개 상황파악도 정확히 하지 않은 채 걱정부터 하고,
자신의 생각이나 고집 때문에
제멋대로 해석하는 경우가 많기 때문이다.

어느덧 자유는 인생의 목표가 되었다.

자유가 없는 삶은 의미도 없고 힘만 든다.

시간의 자유, 마음의 자유, 번잡한 인연으로부터의 자유.

우리가 추구해야 할 진정한 삶의 목표다.

욕심의
크기 줄이기

물 끓는 소리가 경쾌하다.
맑은 차 한 잔을 내려 앞에 놓고
향이 퍼져가는 걸 즐긴다.
평온의 향기, 여유의 향기, 무심의 향기다.
연녹색 차의 향기는 욕심을 재운다.

나는 요즘 가급적이면 물건을 줄이려고 한다.
사실 전에는 물건을 줄이려고 노력하지 않았다.
딱히 물건이 많다고 느끼지 않았기 때문이다.

그런데 최근 들어 비우고 버리고 싶은 욕망에 빠졌다.
어느덧 갖고 싶다고 해서 다 가질 수도 없다는 진실에 도달했고,
무엇보다 많이 가질수록 좁아지는 공간이 싫었다.
소유한 물건이 많을수록 생활이 복잡해진다.

사람들에게도 가급적이면 적게 소유하라는 말을 많이 한다.
그러나 물건을 적게 가지라고 해도

그 기준은 저마다의 욕심 따라 다르다.
그러니 먼저 욕심의 크기부터 줄여야 한다.
욕심의 그릇이 작아지면 삶의 누림은 더욱 커지고,
이만하면 괜찮다는 생각도 절로 우러날 테니.

욕망에는 항상 절망이 뒤따르고
욕심에는 허망이 뒤따르니
차 한 잔의 여유에도 감사할 일이다.

내려놓는 일에도
노력이 필요하다

얼마 전, 지방에 일이 있어 가는 길에 한 통의 전화를 받았다. 고등학교 동창으로부터 걸려온 오랜만의 전화였다. 어느덧 우리는 중년의 나이인데, 대화 속의 친구와 나는 여전히 여고생이다. 그런데 간단한 안부를 묻고 근황을 전하고 나니 금세 이야깃거리가 떨어졌다. 이유는 빤하다. 우리 둘은 서로 너무도 다른 삶을 살고 있기 때문이다.

언젠가 중학교 동창을 만난 적이 있는데 그때도 마찬가지였다. 마음은 옛날로 돌아가 있었지만 정작 대화의 끝은 우리가 얼마나 다른 삶을 살고 있는지, 결국 그 자각으로 막을 내렸다. 우리의 몸과 마음이 각자가 머무는 현재의 삶에 푹 젖어 있는 탓에 아무리 발버둥 치며 과거로 돌아가 봐도 얼마 안 가 이내 제자리로 돌아오곤 했다. 특히 그중 내가 가장 심했다. 친구들은 대개 가정을 꾸리고 아이의 엄마가 되어 있거나 커리어를 갖춘 독신 여성이 되었고, 나는 친구들의 예상대로 출가해서 스님이 되었다. 그러니 우린 달라도 너무 달랐다.

머리를 깎고 먹물 옷을 입은 채 친구의 아이들을 안아주는 사이, 친근함과 낯선 감정이 묘하게 교차했다. 아이의 얼굴에 친구의 얼굴이 있으니 신기하기도 하고 생소하기도 했다. 학창 시절에는 이 세상 무엇보다 소중한 존재들이었는데, 꼬부랑 할머니가 되어도 전혀 낯설 것 같지 않았는데, 그것은 나의 아름다운 착각이었다. 그런 기대와 착각은 오랜 세월 마음을 따뜻하게 해준 역할로 그저 충분했던 것 같다.

돌아보면, 그리운 이들과의 만남은 내게 살면서 의미 있는 이들을 잘 떠나보내라고 가르쳐줄 때가 많았다. 이제 그만 마음을 비우고 그들에 대한 감정을 내려놓으라고 말이다. 이 길을 가는 사람만의 속성이랄까. 그런 느낌이 들 때마다 문득 '이것이 인생이련가' 싶어진다. 아무리 중요한 인연이라도 시절이 지나면 어떤 형태로든 작별을 고하고야 마는 것, 그것이 우리네 인생이니까. 게다가 다른 사람들과 연결되어 있다는 사실에 안도감을 느끼며 사는 삶이 더러는 피곤할 때도 있으니까.
모든 것이 욕심 때문인가 보다. 물론 그때마다 심플하게 살리라 다짐했다. 사람에 대한 집착도 내려놓고, 물건에 대한 욕심도 내려놓고, 무심하게 살고 싶다고 말이다. 물론 그게 말처럼 쉬운 일은 아니다. 그런 삶에는 힘든 선택이 기다리고 있다. 사람에 대한 애착을 내려놓는 대신 고독함을 즐길 줄 알아야 하고, 물건에 대한 욕심을 버리는 대신 불편함을 감수해야 한다.

알다시피 인생을 물건으로 채운다고 행복한 것은 아니다. 아는 사람이 많다고 외롭지 않은 것도 아니다. 지나치게 많은 물건을 가지고 있으면 창고 속에 사는 듯 오히려 답답하기만 하다. 나는 냉장고가 차 있는 것만 봐도 숨이 턱 막힐 때가 있다. 전화기 속에 수많은 연락처가 저장돼 있어도 정작 자주 쓰는 번호는 열 개도 채 되지 않는다. 역시 삶의 본질은 뭔가를 가득 채우는 것으로는 구현되지 않는다는 말이 맞나 보다.

곧 죽을 줄도 모르고 집을 짓고 있는 노인에게 부처님은 말씀하셨다.

"자식이 있고 재물이 있는데도 공연히 어리석게 허덕이네. 나라고 하는 이 몸도 내 것이 아니거늘 무엇 때문에 지식과 재물을 걱정하는가? 더울 때는 여기 머물고 추울 때는 저기 머물겠다고 미리 생각하면서, 정작 다가오는 재앙은 알지 못하네. 어리석은 사람은 자신을 지혜롭다 하지만, 그것이야말로 어리석은 것이네."

설렘이
남아 있는가?

우유부단하거나 생각 많은 이들에겐 세상에서 가장 어려운 일 가운데 하나가 '선택'이다. 이걸 선택하고 나면 포기해버린 다른 것에 대한 미련과 후회가 늘 남기 때문이다. 그래서 선택 앞에서 고민하고 갈등하는 게 아닌가 싶다. 바로 그 후회가 남아 있어서. 뭔가를 선택할 때, 특히 무언가를 버려야 할 때 정리 전문가인 곤도 마리에는 '자신의 마음'을 기준으로 삼는다고 말한다. 그녀는 물건을 만졌을 때 아직도 설렘이 남아 있다면 남겨두고, 그렇지 않다면 미련 없이 버리라고 이야기한다. 꽤 괜찮은 기준이다. 책을 읽으면서 살짝 수긍의 미소가 떠올랐다. 자신을 설레게 하고 두근거리게 하는 물건들만 가지고 생활할 수 있다면 얼마나 좋을까. 아마 그 자체만으로도 삶은 반짝반짝 빛날 것이다.
살아가는 동안 우리는 물건을 버리고 남기는 것 외에도 정말 많은 선택을 매순간 해야 한다. 어쩌면 나름대로의 기준을 정해놓는다면, 훨씬 더 효과적이고 지혜로운 삶을 살아갈 수 있지 않을까? 그리고 일단 선택을 했다면, 선택하지 않은 것에 대한 미련은 갖지 말아야 한다. 선택한 물건이나 일에 대해서도 에너지와 정성을 쏟아야 하는 것 또한 말할 것도 없다.

우아한 집,
우아한 마음

어릴 적 나는 이 절 저 절 여러 절을 떠돌며 살 때가 있었다. 어린 소녀를 챙겨줄 비구니 스님을 만나지 못해서다. 그래서인지 나는 머무는 공간에 대한 집착이 크다. 아직도 버리지 못한 헛된 꿈이랄까.
나는 늘 우아한 공간에서 살고 싶었다. 편안한 곳에서 음악도 듣고 글도 쓰고 싶었다. 이는 아마 보편적으로 누구나 하는 생각일 것이다. 그렇다고 크고 화려한 공간을 원한 것은 아니다. 크고 좋다고 다 우아하다고 생각하진 않는다. 물건이 많은 집은 더더욱 아름답지 않다. 물건이 많으면 아무리 좋은 집이라도 편안하지가 않다. 공간이 좁아져 답답하게 느껴지기 때문이다.

한 건축가가 말하기를, 좋은 집을 짓기 위해서는 자신이 어떤 집을 원하는지 먼저 알아야 한단다. 방은 몇 개나 있어야 하는지, 전망은 어땠으면 좋겠는지, 창의 크기나 위치는 어때야 하는지, 다락이나 지하가 있어야 하는지, 움직이는 동선에 맞춰 구조는 어때야 하는지 등 말이다. 그 얘기를 듣고 나도 생각해봤다. 그 결과 내가 원하는 집은 '나 혼자 있어도 좋은 집, 가만히 나 자신과 만날 수 있는 집'이었다.

그래서 내가 머무는 공간은 그렇게 만들려고 노력한다. 집 안의 잡다한 물건부터 차츰 줄여나간다. 이는 아직도 현재진행형이다. 책장만큼은 엄두가 나지 않아 쉬이 건드리지 못하고 있다. 그다음엔 질 좋은 물건을 가지런하게 둔다. 이것저것 필요한 대로 물건을 사두는 것이 아니라 꼭 필요하다면 질 좋은 것으로 구해 오래 쓴다. 나름대로의 원칙을 세워둔 것이다.

머무는 공간을 비우고 우아하게 만드는 것은 마음의 평온과도 직결된다. 삶이 우아해짐은 물론이고, 안락함과 편안함을 넘어 자기 자신도 그런 사람으로 만들어준다.

고뇌에서 벗어나는 길

이런 이야기가 있다. 어떤 사람이 스님을 찾아가 어떻게 하면 고뇌에서 벗어날 수 있느냐고 물었다. 그러자 스님은 대답 대신 나무를 끌어안고 살려달라고 소리쳤다. 이게 무슨 뜻일까? 이 행동을 이해하려면 나무를 붙잡고 있는 스님 모습에 주목해야 한다. 즉 나무가 스님을 붙잡고 있는 것이 아니라, 스님이 나무를 끌어안고 있는 것이다. 고뇌 역시 마찬가지다. 놓아버리면 그뿐이라고 스님은 말하고 싶었던 것이다.

놔버리면 될 것을 괜히 혼자 붙잡고 늘어지면서 아우성치는 것뿐인데, 정작 우린 그것을 모른다. 사실 대부분의 근심이나 걱정은 흐르는 시간에게 맡겨두는 것이 가장 좋다. 더도 말고 덜도 말고 지금은 그저 자신이 할 수 있는 일만 하면 그것으로 충분하다. 그러니 부디 걱정에 시달려 할 일도 못하고 몸은 몸대로 상하지 않기를, 그러지 마시길.

"깨달음이란 그를 추구하는 시간과 노력의 많고 적음의 문제가 아니라, 우리 관점을 새로운 차원으로 전환할 수 있느냐 없느냐의 문제입니다."

—현응 스님의 《깨달음과 역사》 중에서

정리 정돈

정리 정돈을 한다는 것은
마음을 정리하는 일이다.

간혹 나는 열려 있는 서랍을 미처 보지 못하고
부딪쳐서 다리에 상처를 입을 때가 있다.
어떤 땐 의자를 제대로 넣어놓지 않아서
부딪쳐서 멍이 들기도 한다.
관계도 마찬가지다.
살피지 않은 관계, 정리하지 않은 관계는
내가 가는 길목마다 불현듯 나타나
나를 이리저리 치이게 만든다.

화가 나지만, 누굴 탓하려야 탓할 사람도 없다.
정리 정돈을 하지 않은 스스로를 원망할밖에.

LEE
SO
Myung

아침엔

물 한 잔, 커피 한 잔, 빵 두 조각.

점심엔

김치, 시금치, 김, 된장찌개에 밥.

저녁엔

김치에 물국수.

완벽한 날의 밥상.

내가 먼저
행복해야 합니다

한 사람이 내게 물었다.
"어떻게 하면 다른 사람들을 위해 봉사를 더 잘 할 수 있을까요? 저는 불자로서 마음속에 자비심을 가지고 있고, 절에 다니니까 사람들을 더 행복하게 해줘야 된다고 생각합니다."
굉장히 떳떳하고 당당하게 말한 그분은 마치 사명감 가득한 군인 같았다. 그런데 내 눈에는 그분이 별로 행복해 보이지 않았다. 그래서 내가 물었다.
"혹시 질문하신 분은 지금 행복하십니까?"
아주 간단한 질문인데 그 순간 당황했는지 얼굴이 빨개졌다.
"저는 제가 행복하지 않아도 남들의 행복을 위해 살아야 된다고 생각합니다만. 스님, 제 생각이 틀렸습니까?"
"네, 틀렸네요. 내가 행복해야 남도 행복하게 해주죠. 거사님은 모든 사람을 행복하게 해주겠다는 사명감이 가득하지만, 정작 본인은 행복하지 않잖아요. 자신의 행복을 늘 생각하면서 다른 사람의 행복도 챙기시면 좋겠습니다."
자기 자신이 먼저 행복해져야 한다. 우선 내가 행복하다면, 자신이 어디에 있든 존재 자체만으로도 사람들에게 기쁨을 줄 수 있다. 가만히 있어도 바람이 불어와 꽃향기를 사방에 퍼뜨려줄 것이다. 인품의 향기란 그런 것이다.

《죽음이란 무엇인가》를 쓴 셸리 케이건이 한국에 왔을 때, 강연에서 '욕망을 버려야 하는가?'라는 질문에 대해 이렇게 대답했다. "고통의 근원이 욕망이라는 것은 이해한다. 그 고통에서 벗어나려면 욕망에서 벗어나야 하는 것이 맞다. 그러나 동시에 욕망은 삶을 이끌어가는 힘이 된다고 생각한다. 그리고 욕망에서 벗어나야 한다는 점에 얽매이다 보면 그것이 또 하나의 고통이 될 것이다."

욕망에서 벗어나야 한다는 점에 얽매이다 보면 그것이 또 하나의 고통이 될 것이라는 말에 나는 깊이 공감했다. 출가자의 삶에는 의무가 너무 많아서 생이 무겁게 짓눌리는 느낌이 들 때가 있어서다. 스스로에 대한 엄격함이 삶을 가로막고 있는 것은 아닌지, 남에 대한 배려 때문에 자유를 침해받고 있는 것은 아닌지 모르겠다. 자신에게도 남에게도 알맞게 대할 일이다. 나를 아끼지 않으면서 남을 아낀다는 게 과연 가능한 일일까?

언제 어느 때라도 잊지 않고 사랑을 실천할 수 있는 사람은 많지 않다. 가장 가까이에 있는 소중한 이들조차 한결같이 사랑하기란 쉽지 않기 때문이다. 하물며 자기 자신을 하찮게 여기고 싫어하는 사람은 말해 무엇하랴. 어쩌면 우리에게 있어 가장 중요한 일, 가장 어려운 일은 바로 '나 자신을 사랑하는 일'이 아닐까 싶다.

헌신의 사슬

오래전부터 알던 분이 부탁이 있다며 나를 청했다. 부탁인즉슨 자신의 어머니가 오랫동안 병원에 누워 계시는데 한 번만 병원에 와서 어머니를 만나달라는 이야기였다. 어머니를 생각하는 자식의 마음이 어여뻐 언제든 가겠노라 성큼 약속했다.

며칠 후, 나는 약속대로 병원에 들렀다. 병실에 들어서니 메스꺼운 냄새가 훅 밀려왔다. 호스를 달고 고르지 않은 호흡을 하며 황폐해진 육체로 누워 있는 환자는 사지를 전혀 쓰지 못했다. 내가 보기엔 의식조차 없어 보였지만, 자식들 말로는 의식은 분명 있는 것 같다고 했다. 무미건조하게 울리는 시계의 초침 소리가 병실 안에서 유독 크게 들렸다. 나는 가까이 다가가 살았으되 산 목숨이 아닌 환자의 창백한 얼굴을 들여다보았다. 이미 이승보다는 저승에 가까운 상태로 보이는 그 어머니의 손을 잡고 나는 작은 목소리로 염불을 시작했다. 가까이 있으니 등에 난 욕창에서 풍기는 냄새가 더욱 강하게 다가왔다. 차마 붙잡을 수 없는 냄새, 숨을 쉴 때마다 죽음의 향기가 나의 폐 안으로 깊숙이 파고들었다.

자식들은 쓰러진 어머니를 10년 넘게 모셨다고 했다. 직장까지 그만두며 어머니를 위해 헌신했단다. 그러다 보니 형제 중에 누군가 어머니보다 자기 인생을 먼저 챙기는 것처럼 보일라 치면, 금세 배신자로 낙인찍어 몰아붙이는 모양새였다. “나는 어머니를 위해 모든 걸 버렸는데, 누나는 왜 그렇게 안 하는 거야?”, “난 병원비를 다 대는데, 오빠는 한 푼도 안 내면서 왜 간병조차 안 하는 거야?” 형제들은 자기 삶을 희생하며 이렇게 서로를 몰아세웠다. 오랜 시간 수명 연장을 하고 있는 어머니에 대한 자식들의 헌신은 침착함을 잃게 만들었다. 나아가 가족을 분열시키고 모든 것이 자신이 아닌 다른 형제 때문이라며 원망을 낳았다. 과연 누워 계신 어머니가 이런 모습을 원했을까? 만약 입을 떼어 말할 수만 있다면 무슨 말씀을 하셨을까?

가족이든 남이든 누군가를 위해 사는 인생은 분명 아름답다. 그러나 방법을 잘 선택해야 한다. 남을 챙기며 생색을 내기보단 자신의 삶도 잘 챙기면서 자기가 할 수 있는 범위 내에서 최선을 다하는 것이 더 깊은 울림을 준다. 흔히 사람들은 자신을 희생하면서 남을 보살피는 사람을 훌륭한 인품으로 평가하지만, 꼭 그러한 삶만이 가치 있는 것은 아니라고 나는 생각한다. 그리고 만약 내가 누워 있는 환자라면, 결코 그런 희생은 바라지 않을 것이다.

누구의 인생도 가치 없는 삶이란 없다. 혹여 누군가 나에게 '그럼 어떻게 살아야 잘 사는 삶이냐'고 묻는다면, 나는 이렇게 말하고 싶다. 결코 자신의 삶을 망가뜨리면 안 된다고. 효도도 좋고 희생도 좋지만, 자기 삶의 질서까지 망가뜨리면서까지 누군가를 위해 헌신하는 삶은 결코 잘 사는 게 아니라고, 그러니 자신을 먼저 사랑하라고 말이다.

2018년 9월, 우리나라의 유명한 보이그룹인 방탄소년단이 유엔에서 연설을 했다. 멤버 가운데 RM 김남준이 방탄소년단 대표로 7분간 영어 연설에 나섰는데, "진정한 사랑은 나 자신을 사랑하는 것에서 시작한다"는 주제의 아주 감동적인 연설이었다.

RM은 자신의 어린 시절을 소개하며 "9~10세 무렵 타인의 시선을 의식하고 남들이 만들어놓은 틀에 자신을 집어넣기 시작하면서 자신만의 목소리를 잃게 됐다"고 고백한 뒤 "별을 보면서 꿈꾸지 말고 실천해보자고 생각했다. 내 몸의 목소리를 들어보자고 생각했다. 내게는 음악이라는 도피처가 있었다. 그 작은 목소리를 들을 때까지 오랜 시간이 걸렸다"고 말했다. 또 "나 자신을 사랑하는 것이 진정한 사랑의 시작이라 믿으며, 스스로를 사랑하는 것이 진정한 사랑"이라고 강조했다.

마지막으로 그는 물었다.

"당신의 이름은 무엇입니까? 당신 자신에 대해 이야기해주세요."

자신의 삶을 가꾸고 자신의 인생을 위해 열정을 다할 줄 아는 사람, 그런 사람이 갖춘 고운 심성이야말로 다른 이의 삶까지도 소중하게 보살필 줄 안다고 생각한다. 무조건적인 희생에 앞서 우선은 자신을 지키며 사는 것이 중요하다. 그런 연후에 자신을 지키는 마음으로 다시 내 소중한 이들을 지켜내는 것이다. 그래야 움츠렸던 내 삶이 활기를 되찾고 향기로워질 것이라고 생각한다.

코스모스
줄 맞추던 시절

산책길에 보니 어느덧 코스모스가 피었다. 얼마 전만 해도 비실비실 힘없이 태양빛을 갈구하며 몸부림치듯 했는데, 며칠 만에 힘이 좀 생긴 듯하다. 코스모스는 강바람에 몸이 흔들리면서도 우아하게 연분홍 꽃을 피웠다.

발길을 멈추고 코스모스를 보고 있자니 옛 생각이 났다. 운문사에서 공부할 때다. 해마다 이맘때면 큰 법당 뒤에 코스모스가 흐드러지게 핀다. 하루는 오전 강의가 끝나자 호미를 챙겨서 법당 뒤쪽에 모이라는 공지가 있었다. '코스모스가 피었으니 꽃길이라도 걸으려나? 그런데 호미는 왜 가져오라고 하지?' 한껏 기대와 의문을 품고 법당 뒤로 향했다.

우리가 도착하기 전 이미 어른 스님께서 나와 계셨다. 쭈뼛쭈뼛 가까이 가니 코스모스를 줄 맞추어 다시 심으라신다.

"코스모스 줄을 맞추라고요? 왜요? 이대로 예쁜데요."

다들 의아해하며 작은 소리로 나무라듯 소곤댔다. 말하자면 들쭉날쭉 제멋대로 피어 있는 코스모스를 한 줄로 맞추어서 다시 심으라는 얘긴데, 도무지 그렇게 해야 할 이유를 알 수 없었다.

그날 우리는 점심 공양 전까지 코스모스를 옮겨 심느라 비지땀을 흘렸다. 내 손에 무수히 뽑히던 코스모스 줄기들의 감촉이 한동안 손에 생생하게 남았다. 그런데 다 옮기고 보니 역시 인위적인 아름다움만 남은 듯 보였다. 며칠 후 한 방문객과 그 앞을 지나게 되었는데 "코스모스도 이렇게 비구니 스님들을 닮아 정갈하고 예쁘게 피었네요" 하며 너무나 좋아하는 게 아닌가. 어쩜 이렇게 가지런히 심었느냐며 비구니 스님들의 단아함이 그대로 느껴진다나. '아, 그런가' 싶었다.

코스모스 줄 맞추어 심던 시절, 나는 참 많은 줄을 세웠다. 우선 빡빡 닦은 하얀 고무신 줄. 100켤레가 넘는 고무신이 각자 예쁜 표시를 하고서 '청풍료清風寮' 댓돌 위에 일렬로 놓였다. 다음은 의식할 때 입는 옷, 가사 장삼을 옷걸이에 줄 맞추어 걸었다. 발우도 이불도 책상도 순서대로 놓고, 예불, 독경, 좌선, 공양 등 모든 것에 각이 잡혔다. 흐트러지면 경책警策을 받았다. 200명이 넘는 스님들이 한곳에서 생활하다 보니 질서가 필요한 것은 마땅했다. 그렇게 한때는 줄도 세우고 일률적으로 살았다. 그러나 세월이 흐르고 나도 많이 무던해졌다. 옛 어른들이 전해주려던 단정한 줄 세우기는 더 이상 내게 존재하지 않는 것 같다. '타고난 자질대로 살지 뭐' 하고 중얼거리기가 일쑤다. 어쩌면 난 그냥 출가자의 멋을 한껏 느끼며 살고 싶었는지도 모른다.

'이십 년 전 일이 의심스럽다 하여 삼십 리 밖에선들 무슨 기특한 일을 만나랴. 선과 악이 모두 꿈인 걸, 마魔와 부처 공연히 옳다 그르다 다투네' 했던 선사의 깨달음이 이제는 제법 이해가 간다. 그럴 나이가 되었나 보다. 지금도 그리 나쁘진 않지만, 예전을 생각하면 그때가 참 좋았다는 생각을 할 때가 있다. 그러면서 하는 생각! '된장, 고추장 잘 갈무리해서 단단하게 봉해 깊이 저장해두면 더 좋은 맛이 나는 것처럼, 사람도 그런 것일까. 나도 더 익어가고 있긴 한 것일까.'
돌아보면 마른 풀에 불 놓듯 금세 타버리던 열정도 이젠 식은 재가 된 것 같다. 배추벌레에 벌벌 떨던 시절, 일도 많고 마음에 탈도 많던 그 시절이 어느덧 그리워진다.

운명에게 — 졌다고 — 

생각될 — 때도 — 있지만

나는 용기 있게 살고 싶다

사람이 힘든 일을 겪고 나면 생각이 많이 바뀐다. 내게도 그런 적이 있었다. 몸도 마음도 많이 안 좋았던 시기다. 중국에 살 때였는데, 그때 나는 어머니가 돌아가시고 주변 사람들 때문에 마음에 아주 심한 상처를 입었다. 지금 생각해보면 나의 생각은 아마 그때 다시 태어난 것 같다. 사유의 재탄생이랄까. 모든 것이 제로 상태에서 다시 시작되었다.
그 이전까지는 인간에게서 느껴야 할 감정을 잘 모르고 살아왔던 것 같다. 누군가에 대한 미움으로 마음이 폭발한 적도 없었고, 사랑을 갈망한 적도 없었다. 분노 게이지가 머리꼭지에 달해본 적도 없었고, 가슴이 갈기갈기 찢어지는 것 같은 고통을 느껴본 적도 없었다. 미움, 원망, 분노, 저주 그리고 숱한 두려움…. 그 모든 불편한 감정들을 그때 처음 제대로 맛보았다. 그래서 나는 많이 아팠다.

한국에 돌아와 다락방에 웅크리고 살며 생각했다. 과연 살아야 할까. 여기서 끝내야 할까. 그때 한 도반스님의 소개로 한의사를 만난 적이 있다. 그 여의사는 웃음이 많고 밝고 즐거웠다. 하루는 재밌는 일이 있었다. 한약을 지으려고 다시 찾아갔더니, 내게 발을 보여 달라는 것이다. 비구니 스님에게 발을 보여 달라니, 순간 당황했다. 옆에서 도반스님이 괜찮다며 보여주란다. 남모르는 이에게 발을 보여주다니, 나로선 엄청 부끄러운 일이었다. 발을 꺼내 보여주자 그 한의사가 하는 말. "스님 발이 굉장히 용감하게 생기셨네요."

'후훗. 세상에 발이 용감하게 생겼다니, 뭐래는 거야.' 이렇게 생각하는데, 도반스님이 옆에서 "맞아요. 맞아. 이 스님은 아주 용감한 스님이에요. 무서운 게 없어요. 그러니까 그렇게 유학도 가고, 외국서 살다 왔죠. 전 그런 거 꿈도 못 꿔요" 하는 거였다. 듣다 보니 슬그머니 '내가 그런가?' 했다.

그 후로 힘들 때면 나는 간혹 내 발을 생각한다. 용감한 나의 발. 산으로 들로, 바다 건너까지 여기저기 누비고 다녔던 나의 발. 내 가슴은 비록 두려움도 많고 용기도 없을지 모르겠지만, 내 발만큼은 두려움을 모르는 용감한 발이라고, 세상에 걸릴 것 없는 용기 있는 발이라고 말이다.

그렇다. 나는 용기 있는 사람이 되고 싶다. 아무 감정도 모르고 안락한 상황에서 순박하게만 살다 죽기보다 역경을 헤치고 이겨내며 다양한 것을 경험해본 사람이 되고 싶다. 그런 용기를 품으며 살고 싶다. 그러나 이런 마음과 달리 용기는 참 자주도 사라져버린다. 괴테가 말했던가. "돈을 잃는 것은 가벼운 손실, 명예를 잃는 것은 중대한 손실, 용기를 잃는 것은 보상받을 수 없는 손실"이라고.

돌아보면 다락방에서 숨죽이고 있던 내겐 용기라는 게 없었다. 용기가 없는 삶이다 보니 자연히 조금씩 몸이 좀먹고 생각이 파괴당하고 있었던 것 같다. 그런데 그날 '용감한 발' 얘기 덕분에 나는 다시 일어설 수 있었다. 내 안에 잠들어 있던 용기를 꺼낼 수 있었다. 《노인과 바다》에서 노인이 바다에서 물고기와 사투를 벌이며 "인간은 파괴될지언정 패배하지 않는다"고 말한 것처럼, 바닥이라고 느꼈던 내 안에서 용기와 분노와 힘이 소복소복 올라왔다. 다시 일어나 시작하라고, 넌 결코 패배하지 않을 거라고! 나는 여전히 용기 있게 살고 싶다. 지금은 예전처럼 다시 일어설 용기, 낯선 곳으로 멀리 떠날 그런 용기가 필요한 것은 아니다. 용기의 영역이 조금 바뀌었다. 이제는 언제라도 버리고 떠날 줄 아는 용기. 욕심 때문에 내려놓지 못하는 것을 과감히 떨칠 줄 알고, 과분한 탐욕이라는 생각이 들면 어떤 지위나 인기도 포기할 줄 아는 용기. 이제는 버릴 줄 아는 용기를 갖고 싶다.

우리가
가진 힘

입가에는 미소를,

가슴에는 태양을,

그리고 희망과 용기를.

해인사 일타 큰스님이 즐겨 쓰신 말씀이다. 사람의 육신도 자동차와 같아서 언제든 고장 날 염려와 사고의 위험을 안고 있으니 스스로를 잘 관리하며 운전해야 한다며 강조하신 말씀이다.

잠이 많은 나는 절에 들어온 후 새벽에 일어나는 것이 가장 힘들었다. 그때 선배 스님이 "잠들기 전에 '나는 꼭 4시에 일어나야 한다' 하고 마음먹기를 반복하면 일어나기가 훨씬 쉬워요"라고 일러주었다. 선배 말대로 해보니 실제로 잠을 조절하는 데 도움이 되었다.

20여 년이 지난 지금도 뭔가 큰일, 중요한 일이 있다 싶으면 잠들기 전에 내일의 다짐을 새긴다. 그렇게 하면 불안한 마음이 다스려진다. 이처럼 마음의 훈련을 통해 몸도 마음도 어느 정도는 자유롭게 할 수 있다. 우리에게는 불가능을 가능으로 만들어낼 수 있는 힘이 숨어 있기 때문이다.

그러니 다 괜찮다.

삶이 조금 버겁다고 느낄 때, 꿀벌을 한번 생각해보라. 몸통에 비해 날개가 너무 작은 꿀벌은 원래는 제대로 날 수 없는 몸 구조라고 한다. 하지만 자기가 날 수 없다는 사실을 전혀 모르고 당연히 날 수 있다고 생각한 꿀벌이 열심히 날갯짓을 한 덕분에 정말 날 수 있게 되었다지 않은가. 우리도 날 수 있다. 더뎌도 괜찮다. 우리도 꿀벌처럼 날아보자. 기다릴 수 있다. 세상 사람들은 우리가 생각하는 것보다 훨씬 더 자비롭다. 그러니 희망과 용기를 가져도 괜찮다.

손을 내밀어도
닿지 않는 아득한 아이

우울증 치료를 받는다는 대학생 아이를 데리고 한 엄마가 찾아왔다. 스물두 살에 우울증이라니…. 처음엔 쉽게 이해가 되질 않았다. 공대 다니는 똑똑한 여학생이고 좋아 지내는 남학생도 있다는데 말이다. 처음엔 잘 타일러보려고 신경 써서 이야기하고, 나름 눈치를 보면서 애를 썼다. 그러나 소용없었다.

한참 보고 있자니 내 가슴이 다 답답해졌다. 나 혼자 벽에 대고 이야기하는 기분이었다. 내 이야기는 모두 의미 없이 허공 속으로 흩어져버렸다. 언제부터 그랬느냐고 물으니, 엄마가 옆에서 어려서부터란다. 완벽한 아빠의 철저한 보호 아래, 집 밖에 나가보질 못하고 방 안에서만 지내던 어린 시절부터 말이다.

"그런데 대학은 어떻게 다녀?"

"그래서 멀리 갔잖아요. 거긴 애 아빠가 없으니까요."

고개 숙인 아이 옆에서 엄마가 연신 거들었다. 아이에게선 직접 목소리 듣는 것조차 어려웠다.

"지금도 방학 땐 집에 와서 밖에 안 나가요. 잠도 못 자고요. 엊그제도 병원 다녀왔어요. 스님 뵈러 오는데도 안 오겠다는 걸 억지로 데려왔어요."

엄마는 계속 걱정스럽게 딸을 대신해 변명했다. 그런 상태로 두 시간 반쯤 지났을까. 내 속에서 뭔가가 꿈틀거리더니 살짝 부화가 올라왔다.

"야! 너 이제 방학 때 집에 오지 마. 알았지? 어머니도 딸보고 집에 오라고 하지 마세요."

그 말을 듣자 지금껏 바닥만 뚫어져라 보던 아이가 고개를 들고 나를 빤히 바라봤다.

"오지 마. 너 집에 안 와도 너희 식구들 다 잘 살아. 그리고 잠이 안 온다고? 일을 해라, 얘야. 공부를 하던지. 젊은 놈이 만날 방구석에 처박혀 있으니 열량은 축적되고 에너지 소비를 못하니까 잠이 안 오지. 과학 하는 애가 그 쉬운 이치도 몰라? 학비 버느라 알바하고 열심히 사는 애들이 얼마나 많은데, 어디서 엄살이야, 엄살이! 정신 차려. 그리고 집에 가지 말고! 넌 두 발 달린 사람이야. 온실 속 화초가 아니라!"

이렇게 야단쳐도 되는지 의심이 밀려오려는 순간, 아이가 웃으며 대답했다.

"네, 스님, 그렇게 할게요. 엄마, 스님 말대로 해도 되지?"

간혹 부모들은 자식을 너무 아끼는 나머지 자기 울타리 안에 가둬버리는 경우가 있다. 나는 이 아이를 보면서 중국에서 만난 전족을 했었다던 할머니가 생각났다. 10세기 당나라 시대에 유행했던 '작은 발'이라는 미의 기준이 관습으로 남아 오래도록 중국 여인들을 괴롭혔다. 부모는 여자아이의 발을 어릴 때부터 천으로 세게 감아두고 압박하거나 아예 발을 부러뜨려 자랄 수 없게 했다. 그런 잔혹한 풍습 탓에 여성들은 가만히 앉아 집 안 꾸미는 일이나 하며 일생을 고통 속에서 살았다.

그런데 내게는 마치 이 아이의 발을 부모가 칭칭 동여맨 것 같은 느낌이 들었다. 실제로 발을 칭칭 동여매진 않았지만, 아이는 마음이 꽁꽁 묶여 있었다. 문밖 세상은 위험하다는 강박이 있었고, 정숙하고 얌전한 여인으로 성장해야 하는 의무가 있는 것 같았다. 묶인 것을 풀어주지 않고는 해결이 날 것 같지 않아 아이에게 집에 가지 말라고 한 것이다. 묶인 발을 풀고 세상 속으로 걸어 나가야 무슨 일을 해도 하지 않겠는가.

사람들은 식물을 예쁘게 키우려고 분재를 하는데 아이는 사람이

지 식물이 아니다. 나에게도 분재가 한 그루 있었는데 그 나무가 가여워서 철사를 다 뽑아버렸다. 그렇다고 갑자기 쑥쑥 자라는 것은 아니었지만 어느덧 나와 함께 살아낸 지 10년이다.

부모는 이제 그만 아이를 놓아주어야 한다. 그리고 아이는 스스로 살아갈 마음을 내야 한다. 틱낫한 스님은 이렇게 물은 적이 있다.

"우리는 바뀌기를 원하는가, 원치 않는가?"

젊다고 우울증에 걸리지 말라는 법은 없다. 그러나 그런 삶이 싫다면 스스로 바꿀 마음을 내는 게 우선이다. '자는 사람은 깨울 수 있어도, 자는 척 하는 사람은 깨울 수 없다'는 말이 있다. 듣고 있으면서 못 들은 척하는 사람과는 대화할 수 없는 법이다. 자는 척하지 말고, 못 들은 척하지 말고, 두렵더라도 이제는 눈을 떠야 한다. 내 앞에 놓인 현실, 그 현실을 봐야 한다.

고독한 날

사람은 사람에게 얽매이고
사람은 사람에게 의존한다.
사람은 사람 때문에 해를 입고,
사람이 사람을 해친다.
사람은 왜 사람을 필요로 하는가?
가령 스스로 태어난 사람일지라도
사람은 왜 다른 사람이 필요한 것일까?
사람은 많은 사람을 괴롭히고,
사람을 버리고 떠나간다.

—〈테라가타〉 149–150

살다 보니, 인생은 공평하지 않을 때가 많았다.
그 사실을 깨달을 때마다, 경험할 때마다 나는 많이 괴로웠다.
때론 주위 사람들을 원망하며 그들에게 쏘아붙이기도 했다.

그러나 또 지나 보니
제아무리 불공평하다 해도

불평불만만 해서는 변하는 게 없다는 사실을 알았다.
내 인생을 변화시키고 일으켜 세우기 위해
스스로 노력하는 일이 차라리 나았다.
왜냐하면 그것이 훨씬 더 구체적이고
실제 내가 해야 할 행동이니까.

봄밤
2016

인생에는 바꿀 수 없는 것들도 많습니다.

특정한 환경이나 뜻하지 않게 일어나는

수많은 사건사고들,

그리고 다른 사람의 행동은

우리가 어찌해볼 수도 바꿀 수도 없으니까요.

하지만 바꿀 수 있는 것들도 많습니다.

그저 우리에겐

바꿀 수 있는 것들을 바꾸고자 하는

'용기'가 필요할 뿐입니다.

도전하는 청년에게 보내는 편지

오늘 너희가 찾아와 말했지. 미래가 불안하다고, 도전하고 싶은 일이 있지만 실패할까봐 망설여진다고. 그 마음 충분히 이해해. 나 역시 돌아보니, 살면서 고비가 있을 때마다 쉬운 선택은 한 번도 없었던 것 같거든.

나도 너희 나이 때는 늘 미래가 불안했어. 왜 안 그렇겠니? 절에 들어가 매일 염불하고 기도하고 반복 학습하면서 살았는데, 사는 게 뭐 그리 재미있으며 뭐 그리 미래가 밝다고 느꼈겠어? 스님도 20대의 젊은 시절을 생각하면, 매일 매 순간 생각이 달라져서 꼭 흔들리는 갈대 같았어. 어쩌면 그렇기 때문에 지금 이렇게 너희에게 말할 수 있는지 몰라. 나 역시 불안과 갈등으로 쉽지 않은 인생을 살았으니까.

그렇지만 얘들아, 우리가 인생에서 불안한 마음으로 대하는 일들이 많기는 해도, 그것이 다 그렇게 두려운 것만은 아니야. 우리가 막연히 생각하는 것만큼 그렇게 많이 힘들지도 않아. 우리 힘으로 충분히 감당할 수 있는 일들이 오히려 더 많단다. 그리고 해보고 도저히 안 되는 일은 그냥 포기하면 돼. 괜찮아. 너무 힘들면 안 해도 돼. 포기한다고 누가 뭐라 할 사람도 없고, 포기한다 해도 그간의 경험만으로도 충분한 학습이 되었을 테니까 염려할 거 없어.
그러니 힘을 내. 실패할까봐 두려워하지 말고, 앞으로 나가서 하고 싶은 일에 자신을 던져봐. 그냥 툭 하고 가볍게 도전하면 돼. 대단한 희망과 열정을 품지 않아도 된단다. 가볍게 시작해도 너희는 다 할 수 있어. 스님이 보기에는 시작도 하지 않고 성공할지 말지 따지는 것처럼 어리석은 일도 없더라. 일단 도전을 해야 실패를 하든 성공을 하든 하지 않겠니?

우선 지금 느끼는 그 불안함이 나쁜 징조라고 생각하는 습관부터 버려. 아침에 컵 하나 깼다고 호들갑 떨며 안 좋은 일이 있을까봐 불안해하는 것은 젊음에 어울리지 않아. 차라리 액땜했다고 생각하는 편이 훨씬 나아. 참고로 스님은 그릇이나 컵 깨면 좋더라. 새로 하나 살 수 있어서. 너희에게 지금 닥친 작은 사고와 풀리지 않는 무언가는 그런 액땜 같은 일일지도 몰라. 더 좋은 결과를 갖고 오기 위한 과정일지 모른다는 거지. 불안함, 두려움은 인간에게 극히 자연스러운 것이니 연연할 거 없어. 거기에 매여 있으면 진짜 불안해서 아무것도 못하게 되니까 마음을 딱 바꿔 먹어봐. 너희가 생각한 것만큼 앞으로의 일들이 그렇게 나쁘게 흘러가진 않을 테니, 다시 한 번 용기를 내보는 거야.

내 경험은 그렇더라. 인생에서 어려운 일이 닥쳤을 때 우리는 흔히 가까운 사람들이 나를 도와줄 거라고 생각하지만, 사실 나를 도와주는 건 생판 모르는 사람일 때가 더 많아. 평소 말 없고 무뚝뚝하고 무표정해서 선입견을 가졌던 사람이 알고 보면 더 편안하고 든든한 사람이더라고. 그걸 난 뒤늦게 알았어. 우리가 생각하고 예측한 것이 보편적인 줄 알지만, 사실 현실은 그렇지 않아. 터무니없이 뒤통수를 맞을 때도 있고, 웃으면서 사기를 당하기도 하거든. 심지어 살다 보면 썩 좋아하지 않던 사람한테서 도움을 받기도 하고, 자신이 믿고 좋아하던 사람에게 싸늘한 대접을 받을 때도 있단다. 후훗, 인생은 참 아이러니해서 그럴 때 고민하면 고민할수록 더 헷갈리고, 발버둥 치면 발버둥 칠수록 더 낭패를 보게 되는 것 같아.

그러니 얘들아, 이제 그만 고민하면 됐다. 고민한다고 해결되지도 않아. 고민은 진흙탕과도 같아서 그 안에서 헤맬수록 나만 엉망이 되거든. 이제는 고민에서 벗어나 조심조심 일어나 하나라도 직접 해보자. 그게 훨씬 빠른 해결책이야. 스님이 응원해줄게.

아, 젊음을 어찌할 것인가

덥다. 아무리 머리를 자주 깎고 모시옷을 곱게 입어도 더위를 이길 재간이 없다. 이렇게 더위가 최고조에 달하던 어느 날, 나는 대학생들을 대상으로 하는 여름캠프 강연을 다녀왔다. 몇 발짝만 걸어도 숨이 턱턱 막히는 열기 속에서도 지치지 않는 젊음을 만났다. 청년들의 환호와 웃음은 마치 '이깟 더위쯤 우리에겐 아무것도 아니에요' 하는 것 같았다. 불꽃처럼 빛나는 청춘, 그들은 내게 환희 그 자체였다.

신나게 이야기를 이어간 후 청년들의 질문을 받았다. 쪽지에 적어 칠판 가득 붙여놓은 질문들을 한 장 한 장 떼어가며 답하는 시간이었다. 그 가운데 정말 재밌는 사연 하나를 발견했다. 웃지 않을 수 없는 그 사연인즉, "스님, 사귀는 오빠랑 어디까지 갈까요?"였다.

질문지를 읽자 청년들이 다들 자지러지듯 웃고 난리가 났다. 아… 어쩌란 말이냐. 이런 질문은 나도 예상하지 못했던 터라 뭐라 해야 할지 몰라 당혹스러웠다.

"혼자 사는 스님한테 너무하네. 얘들아, 너무한다, 인간적으로. 하하하. 그걸 왜 나한테 물어요? 그건 네가 알아서 하세요."

얼굴이 홍당무가 되어 대꾸했다. 내 말이 우스웠던지 뒤로 넘어가게 웃던 청년들 사이로 "그냥 네가 알아서 해"라는 말이 여기저기서 흘러나왔다.

"아무튼 이 문제는 스님이 화두로 삼고 진지하게 한번 생각해볼게요. 다음에 또 이런 질문이 들어오면 명쾌하게 답할 수 있게요."

이렇게 말해놓고 나는 청년들에게 꼭 하고 싶었던 이야기 '자유'에 대해 들려주었다. 감정으로부터의 자유, 그리고 육체의 자유까지 넌지시 말했다. 그리고 자유에는 반드시 책임이 따른다는 점을 강조하며 뜨겁게 끓어오르는 젊음을 간단히 정돈했다. 청년들이 자기 제어를 잊지 않기를 바라는 마음에서였다.

사실 출가자인 내가 육체의 자유를 논하기엔 어색함이 있다. 솔직히 입 밖으로 꺼내기도 멋쩍은 주제다. 게다가 스무 살이 넘으면 자기 몸은 자기가 알아서 책임지는 것이니, 일부러 그 부분을 자유와 연관 지어 따로 터치하고 싶지도 않았다. 그러나 다시 생각해보니, 청년들에게 이것은 매우 중요한 문제일 수 있겠다 싶었다. 오히려 혼자서는 결정 내리기 더 어려운 문제일 수도 있을 테니 말이다.

나 또한 20대가 어떠했는지를 더듬어 떠올려보면, 막연히 불안하고 판단도 잘 안 서는 철부지 시절이었던 것 같았다. 그런데 나만 그런 것이 아니라 대체로 다 그런 게 아닐까? 지금의 20대도 가만 보면 몸만 성숙했지, 정신적으로는 아직도 성장기에 그대로 머물러 있는 친구들이 많다. 씩씩하고 대담해 보이는 청년들도 속을 가만 들여다보면, 아직 여물지 않은 채 떨리고 흔들리며 웃고 운다.

그런 친구들이 좋아하는 사람이 생겼다며 설레며 망설인다. 갸우뚱 주저하면서도 20대에는 열정적으로 사랑하는 것이 당연한 것처럼 생각하고, 각자의 자유의지에 따라 사랑을 하고 이별을 한다. 젊은 남녀의 아름다운 사랑과 성, 물론 그것도 좋다. 성을 자유롭고 건강하게 인식하는 것은 매우 긍정적인 일이니까. 하지만 젊다는 이유로 자유와 낭만을 내세워 욕망에 활활 불타오르지 않아도 된다고 말해주고 싶다. 욕망에 매여 있을수록 시간이 지나면 자기 몸만 상하고, 결과적으로는 마음도 다치는 경우가 굉장히 많다. 함께하는 시간이 많을수록 집착이 더해지고, 집착은 고통을 낳기 때문이다.
그렇게 살지 않아도 청춘은 충분히 아름답다. 죽을 것처럼 사랑하지 않고 그냥 소소하게 사랑하면 어떤가. 소심하게 사랑하든 열정적으로 사랑하든, 자신의 사랑은 누구에게나 다 소중한 법인데.

제아무리 온몸으로 사랑한다 해도 언젠가 사랑은 식는다. 허망하게 들리겠지만, 그것은 고금을 막론하고 변치 않는 진리다. 그러니 내 사랑이 영원하다고 착각해선 안 된다. 그저 함께 있는 동안 둘이 행복하고 서로 좋은 방향으로 이끌어줄 수 있으면, 그것이야말로 더할 나위 없이 좋은 사랑인 것이다.
이런 좋은 사랑은 심신도 건강하게 만들고, 서로에게 밝은 에너지를 안겨준다. 그렇다면 이렇게 좋은 사랑을 어떻게 하면 오래 유지할 수 있을까? 내가 생각하는 것은 실로 평범하기 짝이 없는 방법이다. 대신 일생 동안 실천하기란 결코 쉽지 않은 사항들이다.
좋은 사랑을 오래 하기 위해서는 서로 이해하고 배려하며 매너 있게 대화할 줄 알아야 한다. 그리고 이 평범한 것들을 오래도록 실천하며 사랑을 유지하기 위해서는 두 사람 사이에 항상 바람이 통할 정도의 적당한 거리가 있어야 한다. 사랑하는 사람뿐만 아니라 누구와도 이 정도의 거리는 필요하다. 각자 자기만의 영역이 필요하기 때문이다. 아무리 가까워도 바람 정도는 통하게 말이다.

평균을 따를 것인가, 나답게 살 것인가

지난해 말 내가 진행하는 라디오 프로그램에 삼수를 하던 청년이 대학에 마흔일곱 번 떨어졌다는 소식을 전해왔다. 이걸 뭐라고 대답해야 하나, 망설이며 사연을 소개했던 기억이 난다. 다른 청취자들에게서 힘내라는 응원의 문자들이 속속 들어왔고, 나는 이 청년이 잘되길 진심으로 바랐다. 그런데 두어 달이 지난 뒤 다시 문자가 왔다.

"안녕하세요, 스님. 저 지난번에 사연 소개해주신 삼수생 학생이에요. 스님과 청취자 분들의 기도 덕에 원하던 학교에 입학해서 이제 개강이에요. 처음 학교 가는 날이라 설렘과 떨림이 공존하는 것 같아요. 제 동생도 고등학교 입학해서 기숙사에 들어가게 되고, 저도 대구에서 서울로 이사 와서 학교생활 하게 됐어요. 모두 행복한 자기의 길을 찾아가길 바랍니다. 힘든 시기 스님 덕분에 많은 위로를 받았어요."

원하는 공부를 하고 싶다고 절망에 빠져 죽고 싶은 심경을 담아 하소연하던 학생은 더 이상 존재하지 않았다. 희망에 부풀어 새로운 세계로 진입한 씩씩한 청년만이 있을 뿐이었다. 합격이라는 결실이 있었기에 수없이 떨어졌던 과정이 더욱 빛나는 것인지는 모르겠으나, 아무튼 자신이 원하는 공부를 위해 많은 것을 감수해야 했던 그 도전의 시간들에 나는 힘껏 박수를 보냈다.

우리 절에는 고등학교를 졸업하자마자 삭발을 하고 출가한 스무 살 새내기 스님이 있다. 곧 승가대학에 입학한다. 철도 없고 야무지지도 않은 털털한 스님이지만, 마치 전생에서부터 스님이었던 양 모든 것이 자연스럽다. 20년 동안 머리 기른 것을 지켜봤는데, 얼마 안 된 삭발 모습이 더 자연스럽다니 놀라울 따름이다. 기특하게도 불교 문화재에 관한 공부를 해서 훌륭한 문화재 지킴이 스님이 되겠단다. 포부가 대단해서 새 스님인데도 무시할 수가 없다. 불경에 이런 말이 나온다.
"이 세상에는 나이가 어리거나 작아도 무시할 수 없는 것이 네 가지 있습니다. 첫째, 왕의 아들은 나이가 어려도 무시할 수 없습니다. 장차 왕위에 오를 것이기 때문입니다. 둘째, 독사는 작아도 무시할 수가 없습니다. 물리면 거대한 동물도 죽음에 이를 수 있기 때문입니다. 셋째, 불씨는 아무리 작아도 무시할 수 없습니다. 잘못하면 모든 것을 태울 수 있기 때문입니다. 넷째, 수행자는 나이가 어려도 무시할 수 없습니다. 그 속에 깨달음이 깃들어 있기 때문입니다."

삼수생 청년과 출가한 스무 살 스님 모두 평범한 길을 선택하지 않았다. 출가한 스님은 말할 것도 없고, 삼수생 청년 또한 점수나 주위 환경과 타협했다면 이미 오래전에 적당한 대학에 입학했을 것이다. 그런데 평범한 길을 뿌리치고 도전을 계속했다. 심리학에 '평균의 자석'이란 말이 있다. 평균에서 벗어난 사람들은 마치 자석에 이끌리듯이 평균에 맞추려는 성향이 존재한다는 말이다. 남들과 비슷하게 생각하고 행동하고 생활하려 한다는 의미이다. 누구에게나 남들과 다른 '나'란 존재가 있다. 그런데 억지로 남들의 기준에 맞춰 산다면 과연 행복할까? 조금 늦더라도, 평범하지 않더라도, 남들이 뭐라 해도 나답게 살아가는 삶이 더 행복하지 않을까?

"새는 알을 깨고 나온다. 알은 곧 세계다. 태어나려고 하는 자는 하나의 세계를 파괴하지 않으면 안 된다."

《데미안》에 나오는 이 구절처럼 말이다. 절망을 딛고 일어나 자신을 가둔 세계를 한번 깨보길 권한다.

세상살이

법정 스님께서는 세상살이란
서로가 주고받는 것이라고 하셨습니다.
물질적인 것뿐만 아니라
말 한마디, 따뜻한 몸짓, 정다운 눈길을 주고받는 것이라고요.
그러면서 이런 당부도 하셨습니다.

"언젠가 우리는 자신의 일몰 앞에 설 때가 반드시 옵니다.
그 일몰 앞에서 삶의 대차대조표가 훤하게 드러날 것입니다.
그때는 누군가에게 주고 싶어도 줄 수가 없습니다.
그때는 이미 내 것이라고 할 게 없기 때문입니다."

봄에는 문 활짝 열고

아무런 생각 않고 일할 것이다.

모순

주위 사람들은 말한다.
"지금 그 자리에서 행복하세요."
"현재 머무는 곳에서 주인공이 되세요."
"과거에 연연하지 말고,
미래를 걱정하느라 시간을 낭비하지도 마세요.
오로지 현재에 충실하세요."

주위 대부분의 스님들이 이렇게 말하는데,
나는 이 말들 속에서 현재에 대한 집착을 느끼곤 한다.
나조차도 사실 자주 쓰는 말들이긴 하다.
실제 이런 말들이 필요한 사람들도 많이 있으니까.

하지만 나는 아이들의 불안한 꿈도 예쁘고,
미래에 대한 웅성거림도 사랑스럽다.
타는 듯 이글거리는 눈길을 가진 창백한 청년들도 마찬가지다.
저들이 뭐 어때서?
왜 현재에만 머물러야 하는데?

그건 어찌 보면 모순이다.

나는 미친 듯 살고 싶지 않다.
지금을 열정적으로 살아내고 싶지도 않다.
죽어서 다시 처음부터 시작한다 해도
열심히 살아서 이루지 못한 것을 추구하고 싶지도 않다.
모든 게 다 예전처럼 그대로일 텐데, 뭐.

그저 모든 것으로부터 자유롭게 살고 싶을 뿐이다.
인생에도 어느 정도 낭비가 필요하다.
헛된 일을 해보지 않으면 유익한 일도 할 수 없으니.

오늘도 나는
내 인생을 조금 낭비했을지 모른다.
그렇다고 뭐, 별 문제 없다.

속세의 모든 것이 변해가거늘,
어찌하여 저 눈은 변함없이 희게 내리는가

허물 많고 누더기 진 내 마음 때문일까. 봄은 우리 인생의 한 단면을 보여주듯 많은 것을 일깨워준다. 매년 봄이 되면 나는 내 고향 부여의 꽃 풍경이 떠오른다. 낙화암 바위 옆의 분홍 진달래, 흩날리는 부소산의 산벚나무 꽃잎들. 푸른 백마강에 자욱하게 떠내려가는 꽃잎의 흔적. 낙화유수와 삼천궁녀가 마음속에 오버랩된다.

이토록 봄은 눈물겹도록 화려하지만 한편으론 참 덧없다. 꽃잎이 지는 모습만으로도 나는 세상의 숱한 이별가들이 떠오른다. 벚꽃 비 날리는 벤치에 앉아 입적하신 어느 노스님도 떠오르고, 늙은 장군의 눈에 비친 생과 사의 흔적도 보이는 듯하다.

'져야 할 때를 알아야 비로소 세상의 꽃도 꽃이 되고 사람도 사람이 된다' 했던가. 일본의 미인으로 손꼽히는 가라샤ガラシャ의 사세구가 꽃잎처럼 머릿속을 흘러가는 봄날이다.

법문하러 간 조계사에도 봄이 한창이었다. 벚꽃은 졌지만 모란과 불두화가 꽃망울을 맺었고, 부는 바람에 라일락 꽃향기가 실려 왔다. '아, 이 꽃향기. 어디서 오는 걸까?' 법회를 마치고 나오는데 청년 둘이 쫓아와 청첩장을 내밀었다. 바야흐로 결혼 시즌이구나 싶었다. 그 자리에서 '축, 화혼'이라 써주며 어여쁜 청년들을 축하해주었다. 화혼華婚은 말 그대로 '꽃의 결혼'이란 뜻이다. 결혼이란 인생의 꽃을 피우는 일이기에, 그들이 꽃피울 아름다운 사랑과 향기로운 미래를 축원한 것이다.

우리는 꽃의 싱그러움, 아름다움, 향기로움에 곧잘 취한다. 그런데 생물학자들에 의하면, 식물이 꽃을 피우는 것은 곤충을 불러들여 수정하기 위해서란다. 식물의 생존을 위한 분투가 '꽃'이라는 아름다운 유혹으로 나타난다는 얘기다. 결국 꽃은 열매와 새로운 씨앗을 위한 것이다.

어쩌면 젊은이들의 결혼도 이와 유사한 것이 아닐까. 결혼이란 아름다운 사랑의 꽃피움이기도 하지만, 동시에 가정을 이루고 자녀를 낳아 자신의 생명성을 이어가고자 하는 현실적인 목적도 있으니까 말이다. 또 무엇보다 결혼은 둘이 함께 험한 세상을 헤쳐 나가기 위한 현실적 방편이기도 하다. 결혼은 사랑의 결실을 맺고 어려움을 함께 이겨내는 결합이기도 하니까.

한창 나이에 암에 걸려 회사를 휴직하고 항암 치료 중인 청년이 있었다. 템플스테이를 하러 사찰에 왔다가 알게 되었다. 너무 밝은 얼굴이라 나는 그 친구가 그렇게 아픈 상태인 줄 전혀 몰랐다. 주위에서 말해줘서 뒤늦게 알았다. 좀 더 신경 써줘야겠네 하고 마음먹었을 땐 이미 돌아갈 때였다. "스님, 저 이만 갈게요. 잠시 머물다 가지만 평생 잊지 못할 거예요." 환하게 웃던 미소가 생생하다.

다시 수술을 하고 항암치료를 받은 후, 다행히 청년은 회사에 복귀했다고 전해 들었다. 그래서 출퇴근 시간에 쏟아지는 인파를 볼 때면 나는 그 청년이 떠오른다. '잘 살고 있나? 주위에서 배려는 해주는지 모르겠네. 자기 때문에 주위 사람 힘들까봐 몸 사리지 않고 일하는 건 아니겠지?'

시간이 흐르고 그런 생각조차 머릿속에서 사라져갈 즈음, 카드 한 장이 날아왔다. '청첩장'이었다. 웨딩 사진과 함께 "스님, 예쁘게 잘 살게요. 감사해요"라는 메시지가 담겨 있었다. 반가운 마음에 얼른 나도 축하한다는 메시지를 전했다. 궁금함에 못 이겨 나무꾼이 누구인지도 살짝 물어보았다. 그랬더니, 암으로 투병할 때 간병해주던 동료란다. '아, 이건 뭐 천년의 사랑일세 그려. 단지 이생의 인연은 아닌 게야.' 간병하던 청년과의 결혼이라니, 미소와 함께 기쁜 마음으로 그들의 사랑을 축원하며, 두 사람의 어여쁜 모습을 상상했다.

해인사에 가면 우리나라에서 가장 오래된 쌍둥이 목조불상이 있다. 비로자나불 좌상인데, 우리에게는 천년의 사랑을 간직한 불상으로 알려져 있다. 원래는 따로 떨어져 있어 그것이 쌍둥이인줄 스님들도 전혀 몰랐다. 법보전 비로자나불상에 새로 금칠을 하던 중 불상 안 내벽에서 제작 연도가 새겨진 명문이 발견됐고, 그 명문을 통해 신라시대 최고 관직인 대각간과 비妃가 발원해서 만든 쌍둥이 불상이라는 걸 알게 되었다.

'원컨대 대각간의 등신불과 그 오른쪽으로 부인의 등신불을 만드나니誓願大角干主燈身賜彌右座妃主燈身'

이 글대로라면 두 구의 불상을 만들었다는 얘기다. 그러니 마땅히 똑같은 불상이 둘이고, 나란히 앉아 있어야 하는데, 그럼 다른 불상 하나는 대체 어디 계신담. 그리하여 찾아낸 것이 바로 전혀 다른 법당인 대적광전의 불상이다. 사찰이 불사를 이어오는 중에 한 분은 법보전으로, 다른 한 분은 대적광전으로 그 오랜 세월을 따로 떨어져 모셔졌던 것이다.
쌍둥이 불상의 주인공인 위홍과 진성여왕은 놀랍게도 삼촌과 조카 사이였다. 삼국사기를 통해 김부식은 그들의 사랑을 비난했지만 이렇게 부처님을 모시고 내세를 기약할 정도로 그들의 사랑은 극진했나 보다. 위홍이 죽은 후 진성여왕은 결국 왕위도 버리고 해인사로 내려가 지내다 죽었다고 전해진다.

누군가 시련을 이겨내고 사랑의 결실을 맺는 모습을 볼 때면 나는 이 쌍둥이 비로자나불상이 생각난다. 전생에 다시 만나길 서원하고 이생에 만난 사람들 같은 느낌이 들어서 그런가 보다. '속세의 모든 것이 변해가거늘, 어찌하여 저 눈은 변함없이 희게 내리는가'라는 사세구가 있는데, 세상이 다 변해도 마음이 변하지 않는 사람들이 있다. 그래서 우리는 그들의 사랑을 기리고, 그들의 의리를 칭송하는 것이리라.

후회 없이
사랑하라

어쨌든 옷깃만 스쳐도 인연이라는데
사랑의 연, 부부의 연은 얼마나 아름답고 신비로운가.
사랑보다 미움이 앞서는 날에는
인도의 승려 샨티데바가 쓴《입보리행론》의 문구를 기억하라.

"수천의 생을 반복한다 해도
사랑하는 사람과 다시 만날 수 있는 가능성은 아주 드물다.
그러니 지금 후회 없이 사랑하라.
사랑할 시간이 그리 많지 않다."

나쁜 사랑에
지친 이에게

한 청년이 찾아와 눈물을 글썽이며 내게 말했다.
"스님, 저는 왜 나쁜 남자한테 끌려 이렇게 상처받을까요?"
"그럴 수도 있지. 지금은 그냥 울어. 마음껏 울어라.
하지만 인연을 끊어내지 못하면, 너는 계속해서 울어야 해."

사랑에도 결이 있다. 사람마다 결이 다르듯 사랑의 결도 다르고, 좋은 사랑, 나쁜 사랑으로 확연히 나뉜다. 사랑한다면 어느 한쪽만 잘 나가고 잘 풀리고 행복한 것이 아니라 서로 받쳐주고 발전하고 함께 행복한 관계여야 맞다. 나는 좋은 사랑인지 아닌지 판단할 수 있는 현실적인 지점이 바로 여기라고 본다. 일방적으로 한쪽을 위한 사랑, 나머지 한쪽의 희생. 그것은 분명 나쁜 사랑이다. 이기적인 사랑이다. 그러니 어서 빨리 그 나쁜 사랑에서 벗어나시길. 더 이상 허우적대지 말고, 이제 곱게 곱게 내 사랑의 결을 보듬으시길.

그럼에도
불구하고

위험으로부터 벗어나게 해달라고 기도하지 말고
위험에 처해도 용감히 맞설 수 있게 해달라 기도하게 하소서.
고통을 가라앉게 해달라고 기도하지 말고
고통을 이겨낼 가슴을 달라 기도하게 하소서.
인생이라는 싸움터에서 아군을 찾지 말고
스스로의 힘을 찾아낼 수 있게 하소서.

— 타고르, 〈기도〉 중에서

사람은 쉬운 일, 쉬운 시간을 통해 성장하는 게 아니라
어렵고 힘든 일을 통해서 성장하는 법이다.
지금 하고 있는 일과 사랑이 결코 쉽지 않더라도
그 시간과 과정을 통해
우리는 더 지혜로워지고, 마음 또한 넉넉해질 것이다.

그렇게 젊지 않을 수도 있습니다.

하지만 이렇게 주저앉기엔 아직 시간이 많습니다.

새로운 인생에는 새로운 내가 필요합니다.

무엇이
더 중요한가?

비단을 팔러 다니는 상인이 있었다. 어느 해 봄, 상인은 사람들과 함께 길에 올랐다. 긴 여정을 보낸 후, 겨우 한 여관에 도착해 쉬게 되었다. 마침 수의사가 지나가다 상인의 말을 보고는, 말을 돌보는 청년에게 먼 길 가려면 말을 며칠 더 쉬게 해주는 것이 좋겠다고 말했다. 하지만 청년은 귀담아 듣지 않았다. 말보다는 주인 말씀이 더 중요하다고 생각했기 때문이다.

그렇게 다음 날 바로 상인과 청년은 다시 장삿길에 올랐고, 얼마 안 가서 말 한 마리가 쓰러졌다. 부랴부랴 응급처치를 했지만 소용없었다. 말이 죽자 상인은 조금 전에 떠나온 마을로 돌아가 말 한 마리를 다시 사오기로 했다. 그리고 떠나면서 죽은 말의 가죽을 벗겨 청년에게 맡겼다.

"비 맞아서 습기 차면 쓸모가 없어지니 조심하게."

그렇게 말가죽을 청년에게 맡기고 상인은 마을로 돌아갔다. 그런데 주인이 떠나고 얼마 안 돼 갑자기 비가 쏟아지기 시작했다. 청년은 말가죽이 젖을까 안절부절못하다가 비단을 꺼내 가죽을 덮었다. 결국 무사히 가죽을 지켜낸 것이다.

주인이 돌아오자 청년은 자신이 얼마나 지혜롭게 말가죽을 지켜냈는지 설명했다. 그러나 돌아온 건 불호령뿐이었다. 말가죽보다 몇 배나 비싼 비단을 젖게 했으니 기실 혼날 만한 사건이었다.

가끔은 우리도 그럴 때가 있다. 우리 인생에서 정말 소중한 것이 무엇인지 잊어버린 채 엉뚱한 것을 지키려고 애쓴다. 가족의 행복보다 직장에서의 업적을 더 중시한다거나 사랑보다 돈에 더 신경을 쓴다거나 하면서 말이다. 행복하게 살고 싶다면 무엇이 더 중요한가 스스로 생각해볼 일이다.

부처님이
대신해주지 않는다

어느 마을에 신심 깊은 형제가 살고 있었다. 동생은 황무지를 개간해서 농사 규모를 좀 키워보자고 형에게 말했다. 그런데 형은 자신들이 가난한 것은 기도를 하지 않아서 그러니 자신은 절에 가서 부처님께 공양 올리며 정성껏 기도를 올리겠다고 했다. 형은 떠나기 전 동생에게 농사에 관한 지식을 일러주었고, 동생은 형 말을 따라 농사를 지었다. 몸이 고단하긴 했어도 동생이 지은 농사는 풍년이 들었다. 부처님께 기도하러 간 형 역시 간간히 내려와 곡식이 잘 익는 것을 보고는 자기가 부처님께 공양을 잘 올린 덕분이라며 좋아했다.

그렇게 수확기가 다가온 어느 날, 동생이 형을 찾아가 말했다. 형 혼자서 부처님을 모셔도 농사가 이렇게 잘 되는데, 우리가 같이 기도하면 얼마나 잘 되겠느냐는 것이었다. 그러자 형이 버럭 화를 냈다. 그럼 농사는 누가 짓느냐는 것이다. 그때서야 동생이 웃으며 말한다.

"형님, 농사는 안 짓고 부처님만 모셔서는 수확이 안 된다는 걸 형님도 잘 알고 계신 거죠?"

《대장엄론경》에 나오는 이야기다. 절에 와서 하소연하시는 분 중에 더러 이런 분이 있다. 노력은 하지 않고 절에 나와 절만 하면 되는 줄 아는 분들. 부처님은 대신 농사를 지어주지 않는다. 농사는 본인이 짓는 것이다. 공부도 누가 대신해주는 것이 아니다. 일도 마찬가지다. 부처님은 그저 길을 안내해주실 뿐, 그 길은 우리 스스로 걸어가야 한다. 자기 스스로 힘써 노력하지 않으면 제아무리 기도를 많이 한다 해도 이루어낼 것이 없다.

걱정하지 마,
어떻게든 되니까

비가 그치고 파란 하늘이 드러났다.
일본의 이큐一休 스님은 존경받는 선사였다. 내가 일본에서 학교 다닐 때도 이큐 선사에 대해 논문을 쓰던 선배가 있었다. 검은 도복을 입고 날선 칼을 멋지게 휘두르던 이 시대 마지막 사무라이였다. 검을 잘 다루던 그 선배는 내가 졸업하기 전에 죽었다. 폐암이었다. 그의 애인은 누가 말만 걸어도 울었다. 길에서도 울고 연구실에서도 울었다.
"앞으로 난 어떻게 살아요, 어떻게 살아."
모두가 조심조심 하던 사이, 그녀는 학교를 그만두었다. 세상보다 더 큰 근심덩어리를 그대로 안고서 떠났다.

이큐 선사가 입적할 때, 제자들은 걱정이 많았다고 한다. 앞으로 어떻게 살아야 하나, 수행은 어떻게 해야 하나 하고. 선사는 그런 제자들을 위해 한 통의 편지를 남기며 정말 힘들고 곤란한 일이 생겼을 때 열어보라고 했다. 세월이 흘러 사찰에 큰 문제가 생겼고, 제자들은 결국 이큐 선사의 편지를 열어보기로 했다. 편지에는 이렇게 쓰여 있었다.

"걱정하지 마라. 어떻게든 된다."

그렇다. 걱정해서 될 일이 아니다. 그게 뭐든지 간에. 겪어야 할 일은 걱정해도 겪어야 하고, 비켜갈 일은 걱정 안 해도 다 비켜간다. 비가 그치고 저 파란 하늘이 드러난 것처럼 걱정을 벗어버리면 금세 맑은 하늘이 보일 테다. 그렇다. 걱정하지 마라. 어떻게든 된다.

내 삶의 산책이 시작되었다

나를 발견하는
시간

나는 혼자 운동하는 것을 싫어했다. 모든 것을 혼자 해도 운동만큼은 혼자 하는 게 싫었다. 우울하게 느껴져서이기도 하고, 솔직히 말해 게을러서 핑계를 대는 것이기도 했다. 그런 내가 언제부터인가 혼자 걷고 혼자 운동을 하고, 그 시간을 기다리기까지 한다. 대견한 발전이다.

우리는 혼자 있는 시간을 견디는 데 익숙하지 않다. 불안해하고 우울해한다. 그래서 끊임없이 휴대전화를 들여다보며 어딘가에 연결되어 있음을 확인하려 든다. 나도 그렇다. 그래야 안심이 되니까.

그러던 어느 날, 갑자기 휴대전화가 싫어졌다. 내가 휴대전화를 소유하는 건지, 휴대전화가 나를 소유하는 건지 헛갈리기 시작했다. 나를 둘러싸고 있는 수많은 전자기기가 내 시간을 벌어준다 생각했는데 어느 순간 그들이 내 시간을 앗아가고 있음을 깨달았다. 그것도 너무 많이.

'그래. 이제 이것들로부터 한번 벗어나보자.'

그렇게 혼자 걷기 시작했다. 휴대전화를 두고 단출하게 문밖을 나섰다. 그랬더니 혼자 보는 달이 생각보다 괜찮았다. 혼자 보는 별도 괜찮았고, 혼자서 맞는 강바람도 좋았다. 혼자 듣는 찻길의 소음도 나쁘지 않았고 혼자 느끼는 시간의 흐름도 고요했다. 혼자 있어 보니 비로소 나 자신이 오롯이 느껴졌다. 나를 중심으로 세상이 흘러갔다. 이런 건가 보다, 자유라는 건.

편안하면서도 자연스러운 상태에서 걸어보자. 목적 없이 걸어보자. 그렇게 홀로 있어 보자. 그것은 단순한 걸음이 아닌, 내 속박의 영역으로부터 벗어나는 첫걸음이 될 것이다.

언 마음을 녹이는 기도

여러 날 지속되던 강추위에 온몸을 웅크리고 지냈는데, 어느덧 입춘이 다가왔다. 봄으로 가는 길목에 접어든 것이다.

절집에선 입춘이 되어야 비로소 한 해가 시작된다고 말씀하시는 분들이 많다. 그리하여 올 한 해도 잘 보내야지 하는 마음으로 나 또한 입춘첩을 쓰기로 했다. 내 방송을 듣는 분들에게 선물 드릴 생각으로 여러 장을 썼다. 침향을 하나 사른 후 모처럼 벼루를 꺼내 먹을 갈아 적당히 자른 하얀 한지와 붉은 종이에다 멋을 내어 '입춘대길立春大吉'이라 썼다. 봄이 와서 큰 행운과 기쁨이 깃들기 바란다는 뜻이다. 온 방에 그윽한 묵향이 침향과 함께 어우러져 뭔가 신비한 영험이라도 생기는 듯했다.

사실 입춘에는 절집마다 입춘첩을 돌리는 일 외에도 삼재풀이의 기도 문화가 있다. 인생살이에서 겪는 세 가지 재앙의 소멸을 비는 기도다. 세 가지 재앙은 '가난', '질병', '전쟁'이다. 이 세 가지 재앙을 없애고 경제적 부와 건강, 평화를 기원하는 것이 입춘에 하는 삼재풀이다.

불교에서는 세 가지 재앙을 '불', '물', '바람'이라고 하여 좀 더 종교적으로 설명한다. 불은 탐욕을 뜻하며, 물은 분노, 바람은 어리석음이라고 한다. 탐욕은 우리를 불태우고, 분노는 물에 젖은 솜뭉치처럼 나락으로 침몰하게 하며, 어리석음은 거친 바람처럼 우리를 흔들어 미혹하게 한다.

"나무부처는 불을 건널 수 없고, 쇠부처는 용광로를 건널 수 없고, 흙부처는 물을 건널 수 없다"는 말이 있다. 우리 모두는 어쩌면 탐, 진, 치가 가득한 부처가 아닐까? 불, 물, 바람이라는 재앙 가득한 사바세계를 건너야 하니 말이다.

이제 추위도 서서히 물러가고 수선화, 동백 등 봄을 알리는 꽃들이 피어날 때다. 얼어붙은 몸과 마음도 녹을 것이다. 지난번 한파가 몰아칠 때 숙소 보일러관이 얼어 온수가 나오지 않은 적이 있다. 헤어드라이기로 관을 녹이면 된다는데 집에 그런 게 있을 턱이 없던 난 지인에게 헤어드라이기를 빌려와 한 시간 동안 끙끙대며 관을 녹였다. 얼어붙은 마음을 녹이는 일이 더 어려울까, 배수관 녹이는 게 더 어려울까 혼자 생각하며 피식 웃었다. 종교인인 난 이렇게 얼어붙은 마음들을 녹이기 위해 늘 기도하는 마음으로 사는 것이 가장 좋은 삼재풀이인 것 같다.

고개 드니
온 산이 봄

입춘이 지나자 이내 봄이 성큼 찾아왔다. 동국대 기숙사에서 생활 중인 사제스님이 찾아왔길래 겸사겸사 소풍을 가자 했다. 아침 일찍부터 김밥을 쌌다. 우리 목적지는 북한산 노적봉 코스. 산 입구에 들어서니 눈앞이 온통 연두색 봄빛이다. 소풍 가방을 메고 천천히 걷는데, 조금 가니 계곡이다. 아침 안개가 물먹은 푸른 이끼처럼 싱그럽다. 겨우내 까맣게 죽은 줄로만 알았더니 파릇파릇 살아난 것이다. 신비감을 더해주는 버들강아지도 몽실몽실 물가에 피었다. 물오른 나무들도 연미색을 품고 있어 살짝 입김만 불어도 싹을 틔울 듯하다. 자연은 그렇게 다시 소생하고 있었다. 산길을 걷다가 언 땅을 밀고 올라온 야생화와 풀꽃을 발견하고는 사제가 묻는다.

"사형님, 이 노란 꽃은 이름이 뭐예요?"

"음, 그건 복수초네."

"그럼 저건 뭐예요?"

"노루귀, 청노루귀."

"그럼 저 나무는요?"

"생강나무인가, 산수유인가 헷갈리네. 사제님아, 나는 식물학자가 아니란다."

모르는 것은 대충 얼버무리며 희희낙락 그저 즐거웠다. 그런 중에도 잊지 않고 기특한 꽃과 나무에 일렀다.

"얘들아, 추운데 이리 오느라 애썼다."

누가 '척박한 땅에 꽃과 풀이 없으니 봄이 와도 봄 같지 않다胡地無花草 春來不似春'고 했던가? 봄이 오니 풀과 꽃이 저토록 푸르게 붉게 피어나는데 말이다春來草自靑 春來花自紅. 세상에 저절로 되는 것은 없다. 어린 나뭇잎도 움을 틔우기 위해 단단한 껍질 밑에서 부단히 노력했을 터고, 키 작은 야생화도 땅을 뚫고 올라오느라 온 힘을 쏟았을 것이다.

우리도 한 걸음 한 걸음 힘을 쏟으며 북한산을 올랐다. 중턱 즈음 배낭 속에서 고소한 김밥 향기가 솔솔 올라왔다. 사제는 그것이 그만 올라가라는 '김밥의 속삭임'이라고 했다. 결국 우린 김밥을 열었다. 도시락 속이 꽃밭이다. 노란 단무지, 초록 시금치, 갈색 우엉, 오렌지색 당근 등. 옆구리 터진 김밥도 있었지만 그럭저럭 김에 말려 모두가 조화롭게 제 빛깔을 띠고 있었다. 봄이 오니 도시락 속에도, 자연의 품에도 사랑과 배려의 꽃이 활짝 핀 것만 같다.

다른 사람들이 평범하다 여기는 것들 속에서

고결함과 아름다움을 보는 눈을

우리는 기도의 눈이라고 부른다.

—웬디 베케트 수녀

여름 산책

비 내리는 산사는 아름답다. 문을 열고 마당에 빗물 떨어지는 모양만 보아도 자연과 교감할 수 있다. 그 모습을 바라보다 보면 금세 명상에 빠진다.

비 갠 후의 산사는 더욱 아름답다. 먼 계곡에서 피어오른 안개가 산자락을 휘감아 돌면 그 사이로 신령스런 기운이 퍼져 나온다. 이 산수화 같은 풍경 속에 뒷짐 지고 떡하니 산을 마주하고 서 있으면 마치 온 산의 주인이라도 된 기분이다. 이내 입가에 미소가 번지며 출가의 길이 흡족해지게 마련이다. 그런데 이리 좋은 산사 생활을 나는 오래 하지 못했다. 수도생활을 하느라, 수도에서 쩔쩔매며 살았다. 수도 서울에 사는 승려를 '수도승'이라 부르는 은어가 생긴 건 아마도 우리 같은 '수도승' 때문이리라.

지금도 여전히 수도승인 나는 요즘 블루투스 스피커로 음악 듣기에 빠져 있다. 휴대전화를 연결해서 듣는다. 문제는 크기가 내 주먹보다 작은 스피커라 용량에 한계가 있다는 점이다. 답답함을 느낄 때마다 '좀 큰 걸 하나 장만할까? 아니야, 또 짐을 만들면 안 되지' 하며 이런저런 갈등에 빠지곤 한다. 홀가분하게 살고 싶은 마음보다 물질에 대한 소유욕이 앞서는 바람에 늘 이렇게 중심을 잃고 휘청거리곤 한다. 수행이 필요한 수도승인 게다.

그러나 여기에 구차한 변명을 더해보자면 이렇다. 불교방송에서 클래식 음악프로를 진행한 지 몇 년이 흘렀다. 또 불교라디오 울림에서도 음악프로그램을 진행했다. 물론 그렇다고 해서 내가 음악을 많이 아는 것은 아니다. 음악을 잘 모르는 것과는 별개로 언제부터인지 음악을 듣지 않으면 수분을 섭취하지 않은 것처럼 마음이 약간 메마르는 느낌을 받는다. 이제는 매일 산을 보지 않고도 끄떡없이 살 수 있을 정도로 깍쟁이 수도승이 되었는데도 말이다. 희한하게도 음악을 듣지 않고선 어딘지 모르게 인생이 팍팍해지는 것 같다. 음악이 산도 보여주고 강도 보여주는 느낌이랄까. 쓸데없이 업業만 쌓여가는가 보다.

도반을 먼 길 떠나보내고 왔다. 눈물이 뭉쳐 딱딱하게 굳어서 가슴에 박힌 것 같다. 두 달 정도 가슴에 돌덩이가 박혀 있는 것 같더니만 지금은 그 돌이 많이 작아졌다.

아무튼… 그랬다.

어느 비 개인 오후 산책길에 나섰다. 먼 길 떠난 벗의 마지막 얼굴이 자꾸만 아른거려서 착잡한 마음에 일이 손에 잡히지 않아 걷고 또 걸었다. 걷다 보니 산책에 나서길 잘했다는 생각이 들었다. 내 마음과는 달리 비 갠 뒤의 거리 풍경이 산뜻했다. 공기가 좋아서인지 거리의 차들 소음도 들어줄 만했다.

부모님이 먼 길 떠났을 때 다르고, 형제가 먼저 떠났을 때 슬픔도 다르더니 마음 나눈 벗이 떠난 후 또한 다른 느낌의 슬픔이 있는 것 같다. 먹먹한 아픔이 삶의 한 부분에 떡하니 자리 잡고 오래오래 떠나질 않는다. 손짓하며 부르는 것 같고, 그래서인지 꿈도 자주 꾸었다.

부처님 말씀 중에 "열반의 길로 가는 너는 남루한 옷도 마음에 들 것이고, 빌어서 먹는 밥도 맛있을 것이며, 나무 아래 앉아도 마음은 늘 즐거울 것이다"라는 글이 있다. 과연 벗은 그 짧은 생을 그리 살다 갔을까? 산책하다가 문득 이런 생각이 스쳤다. 가사 한 자락 덮고 떠난 마지막 길, 그 모습이 떠올라 잠시 걸음을 멈췄다가 신음 한 번 내고는 입술 꽉 깨물고 다시 걸었다.

또 비가 내린다. 토닥토닥 내린다. 산사의 풀벌레 울음소리, 개구리 울음소리가 아닌데도 좋다. 빗소리 들으며 잠들기에는 꽤 괜찮은 여름밤이다. 쇼팽의 '녹턴Nocturne'이 듣고 싶어졌다. 음반을 꺼내 얹어놓고 창가에 기대서서 잠시 밖을 내다보았다. 피아노 선율이 빗방울처럼 마음에 톡톡 떨어진다. 역시 밤에 듣는 음악이다.
그렇게 밤의 창가에도 물방울이 맺히는데, 순간 도반의 얼굴이 창문에 비쳤다. 마치 에밀리 브론테의 소설《폭풍의 언덕》에 등장하는 캐서린의 영혼처럼. 나 또한 잠깐이나마 캐서린을 그리워하는 히스클리프처럼 괴로움에 휩싸였다. 겨우 정신을 차리고 말했다.
"이제 그만 가. 좋은 데로. 나중에 다시 만날 테니까."
쇼팽의 피아노 선율과 함께 오늘은 빗소리가 고운 선율이 되어 나를 꿈길로 이끌어주려나 보다. 부디 내 열반의 길도 이러했으면….

안녕, 내 친구여, 잘 있게나.

사랑스러운 벗이여, 너는 내 가슴속에 있네.

예정된 이별은

먼 훗날 만남을 약속한다네.

안녕, 내 친구여, 악수도 당부의 말도 접고,

슬퍼도 말고, 애달픈 표정도 짓지 말게나.

이승에서 죽는 건 새삼스러울 거 없는 일.

그러나 물론 사는 것 또한 새로울 것 없지.

—세르게이 알렉산드로비치 예세닌

산책길의 발견

노을이 내린 강가를 걸으면,
물이 미소 짓는 걸 볼 수 있다.
물이 내게 말한다.
"부귀도 명예도 내려놔.
집착도 내려놓고, 욕망도 가라앉히고
그래야 잔잔한 나처럼 고요할 수 있어."

바람에게
물었더니

장마 끝에 한강에 나가보았더니,
푸른 물결의 일렁임이 호화로운 향연을 뽐내고 있었다.
한강가를 거닐다 문득 바람에게 물었다.
"어떻게 살아야 잘 사는 거지?"
바람이 대답했다.
"가볍게 살면 돼. 나처럼."

산에 오르다 지쳐 너럭바위에 두 다리를 쭉 뻗고 앉았다.
눈은 나무 사이로 뻗치는 빛의 유희를 좇고,
귀는 멀리서 들려오는 계곡 물소리를 따라가고,
코에는 선선한 바람이 전해주는 아, 나무 내음, 풀 내음.
문득 불어오는 바람에게 물었다.
"이 일을 계속 해야 할까?"
바람이 대답했다.
"내키지 않으면 하지 마. 놓아버려."
울컥 눈물이 났다.

부처님께서 말씀하셨다.

"라훌라야, 바람을 닮는 수행을 닦아라.

라훌라야, 바람을 닮는 수행을 닦으면 마음에 드는 감각접촉과

마음에 들지 않는 감각접촉이 일어나더라도

그런 것이 마음을 사로잡아 남아 있지 않을 것이다.

라훌라야, 마치 바람이 깨끗한 것을 불어 날리기도 하고

똥을 불어 날리기도 하고 고름을 불어 날리기도 하고

피를 불어 날리기도 하지만, 바람은 그 때문에 놀라지도 않고

모욕을 당하지도 않고 넌더리 치지도 않는다.

라훌라야, 그와 같이 바람을 닮는 수행을 닦아야 한다.

라훌라야, 바람을 닮는 수행을 닦으면 마음에 드는 감각접촉과

마음에 들지 않는 감각접촉이 일어나더라도

그런 것이 마음을 사로잡아 남아 있지 않을 것이다."

마음에도 문풍지를 바르며

솔숲을 스치는 바람소리, 차디찬 계곡의 물 흐르는 소리가 어느덧 가을이다. 휘- 휘- 절 앞마당엔 낙엽이 떨어져 이리저리 뒹굴고 있다. 회랑의 돌 뜰에도 찬 기운이 완연하고, 바람결도 까실까실 날을 바짝 세워 불어댄다. 가을이 떠나는 것인지 남아서 깊어지는 것인지 잘 모르겠다. 아무튼 조금 있으면 산천초목이 꽁꽁 얼어붙겠지. 차가운 산사의 가을이다.

빡빡 깎은 머리 때문인지 스님들은 겨울을 많이 탄다. 그래서 겨울이 오기 전에 서둘러 해야 할 일들이 있다. 바로 '문풍지 바르기'와 '김장'이다.

문풍지 바르기는 창호지 문틈에서 바람이 새어 들어오는 곳을 한지로 막아 덧바르는 일이다. 산사에선 문풍지가 없으면 작은 틈새에서 들어오는 황소바람을 이길 수가 없다. 잘 때 머리가 너무 시려서 털모자를 뒤집어쓰고 자야 할 정도다. 그러니 문풍지를 꼼꼼하게 바르는 일은 매우 중요하다.

그렇게 문풍지는 찬바람 드는 가을에 발랐다가 꽃 피는 봄이 오면 다시 산뜻하게 뜯어낸다. 조금 늦은 감이 있지만, 얼마 전 나도 문풍지를 발랐다. 올해는 한지 대신 방한용 비닐을 사서 발랐는데, 몸도 마음도 금세 훈훈해지는 느낌이다.

이번엔 김장이다. 요즘엔 김장을 하는 집도 그리 많지 않다고 하던데, 절집은 다르다. 찾아오는 신도들이 많으니 김장도 여느 가정집과는 비교가 안 될 정도로 많이 한다. 특히 절에선 김장을 해서 독거노인들에게 가져다드리는 일이 많아 정말 많은 양의 김장을 신도들과 함께하곤 한다. 예전에 운문사에 살 땐 스님들만 250여 명이 살았다. 그러다 보니 김장을 1만 포기씩 했다. 지금은 스님들 숫자도 많이 줄어 4천 포기 정도 한다. 그렇다 해도 결코 적은 양이 아니다.

김장 과정을 얘기하면 이렇다. 서열이 가장 낮은 1학년 스님들이 배추밭에서 갓 뽑은 배추를 리어카에 싣고 개울가로 나르면, 바로 윗반 2학년 스님들이 열심히 씻는다. 그럼 3학년 스님들이 산처럼 쌓인 배추를 반으로 쫙 갈라 소금물에 절인다. 그렇게 하룻밤을 보낸다. 그러면 드디어 포스가 예사롭지 않은 김장 고수들이 나타난다. 손놀림이 빠른 4학년 스님들이다. 그 와중에도 아래 학년 스님들은 배춧속을 빼서 양념 찍어 먹기 바쁘다. 눈치껏 서로 먹여주느라 눈빛 대화가 허공에 가득하다. 그야말로 배추로

배가 꽉 찬 김장 날이다.
이렇게 산사에서는 모든 스님들이 나와 겨울을 대비한다. 문풍지와 김장이 끝난 뒤라야 스님들은 겨울을 무사히 넘기는 것이다. 그땐 일이 참 고되고 힘들었는데, 지금 생각하면 풍경화처럼 아름답기만 하다. 추억하는 것만으로도 지루함이 없다.
지금 나는 전처럼 그렇게 춥게 지내지 않는다. 산속에 살지 않으니 문풍지를 바르지 않아도 지낼 만하다. 그런데 몸은 따뜻해졌어도 마음엔 문풍지가 필요하게 된 것이 아닌가 싶다. 다른 이의 비판을 감당하느라 점점 나약해진 마음, 날카로운 눈빛에 움츠러들어 생긴 굳은 표정에 문풍지가 필요해진 것 같다. 내 마음에 문풍지를 바르는 수행, 그런 수행이 있다면 하루하루 임기응변으로 살아가는 시간들이라 해도, 앞으론 좀 더 당당하게 살아낼 수 있지 않을까. 춥디추운 세상 속에서, 매서운 눈빛 바람 속에서도 말이다.

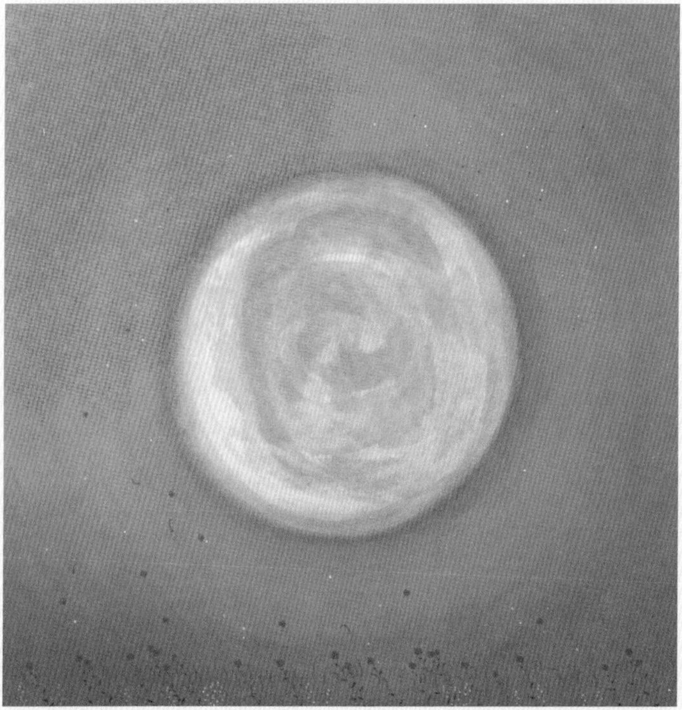

내 생각은 단순하다.

가끔은 마른 종이처럼 건조하다.

하지만 내 눈물은 복잡하다.

소금 같기도 하고 식초 같기도 하고

가끔은 그냥 눈에서 나는 뜨거운 물 같다.

아름다운 사람들

눈에 문제가 있어 결국 눈 수술을 다시 받게 되었다. 세 번째다. 고심 끝에 내린 결정이었기에 걱정과 두려움도 상당히 컸다. 다행히 수술은 잘 된 것 같다. 지금 이렇게 편안한 마음으로 글을 쓰는 걸 보면.

이번에 만난 의사선생님은 내게 강한 인상을 남겼다. 평소 병원에서 만나는 의사선생님들은 대부분 무뚝뚝하고 말수가 적어 이제는 그러려니 한다. 의사라는 직업이 얼마나 힘든 일인지 짐작이 가기에 그렇다. 더구나 유명 대학병원 의사라면 더 고될 테니 말이다. 검사라도 받고 나면 그저 판결을 기다리는 죄인처럼 선생님 처분만을 기다릴 뿐이다.

그런데 이번엔 달랐다. 몇 달을 기다려 예약 진료를 받고, 1년 넘게 기다려 수술 날짜를 잡았는데, 그 긴 기다림이 선생님을 만나는 순간 봄눈 녹듯 다 녹아 내렸다. 차도녀 스님을 미안하게 만들 정도로 친절했다. 여태껏 만나본 적 없던 자상함이었다.

수술 당일 날이었다. 입원해서 잔뜩 주눅이 들어 지침만을 기다리고 있는데, 의사선생님이 나타났다. 미리 와서 상태를 확인하고, 수술에 관한 전 과정을 알기 쉽게 장시간 설명해주었다. 마치

이 세상에 나 한 사람만을 위해 존재하는 의사인 것처럼 말이다.

옆 침대에 누워 있던 환자가 내게 말했다.

"저 선생님은 정말 친절하시네요. 여기 의사들은 다 바빠서 그냥 와서 힐끗 보고 몇 마디 하다 가던데, 저 선생님은 유명한 분이 아니신가 보죠?"

"그건 아닐 거예요. 저도 저분에게 수술 받으려고 1년 반을 기다렸거든요. 예약한 지 4개월 만에 처음 진료받고요."

문병을 와준 스님들도 "저런 의사선생님이 있다니 놀랍다"며 두고두고 칭찬을 아끼지 않았다. 마침 간호사선생님이 피를 뽑으러 오셨기에 살짝 물었다.

"이 병원 선생님들은 원래 저렇게 오셔서 직접 설명하세요?"

"아니에요. 이렇게 일찍 나오셔서 점검하고 환자에게 직접 설명해주시는 건 저 선생님만 그래요."

방긋 미소가 지어졌다. 수술은 시작도 하지 않았는데, 마음만큼은 벌써 끝난 듯 가벼웠다.

의사의 설명을 듣고서 불안감을 가라앉힌 나는 잠시 그 옛날 부처님의 주치의였던 지와까Jivaka를 떠올렸다. 지와까는 부처님 당시에 유명했던 기녀 중 한 사람인 살라와띠의 아들이다. 살라와띠는 기녀로서 미모와 명성을 날리고 있었는데, 그만 아기를 낳아 쓰레기더미에 버리고 말았다. 마침 아바야라는 왕자가 왕에게 문안을 드리러 왕궁으로 향하던 길에 까마귀 떼에 둘러싸인 아기를 발견하게 된다. 다행히 아기는 살아 있었다. 왕자는 아기를 데려다 후궁에서 키우게 했다. 그래서 이름이 '살아 있다'는 뜻의 '지와까'가 된 것이다.

아기는 왕자의 후원으로 똑똑하게 자라나 당대 제일가는 의사가 되었고, 훗날 부처님과 스님들의 주치의가 되었다. 주로 중국의 의성醫聖이라 불리는 '화타'에 비견될 정도로 의술을 인정받았고, 부처님의 가르침을 곁에서 늘 듣다보니 자비와 사랑이 가득한 모습이었다. 지와까가 살아나와 지금 여기 존재한다면 내가 만난 그 의사선생님의 자상함을 보일 듯했다.

예전에 '청년출가학교'라는 프로그램에서 만난 청년이 의사가 되어 어느 날 내게 찾아왔다. 그 청년과 차를 마시는데, 갑자기 이렇게 물었다.

"스님, 저 앞으로 어떻게 살까요?"

빙그레 웃음이 났다.

"어떻게 살 것인지 알고 사는 사람이 어딨어? 알면 나도 좀 가르쳐줘봐."

"그런가요, 스님?"

"그래도 넌 얼마나 좋으니? 사람들은 다들 덕을 쌓기 위해서 봉사를 하거나 선행을 하려 애쓰는데, 의사는 생업이 덕을 쌓는 일이니 얼마나 좋으냐 말야. 그러니 따로 시간 내서 복 지어야겠다 생각하지 말고, 네게 주어진 일만 최선을 다하면 되는 거야."

그 후 청년은 힘들 때마다 "나는 일하면서 덕을 쌓고 있으니 복 받은 사람이다"라며 마음을 다잡는다고 했다. 적어도 하루에 한 번씩은 내가 해준 말을 떠올린다며 편지로 안부를 전해왔다. 아마 하루에 한 번씩은 힘들다고 느끼나 보다.

의사라는 직업은 힘들지만 멋있고 숭고하다. 그런데 비단 의사뿐만 아니라 이렇게 근사하고 멋진 직업 뒤에는 늘 빠지기 쉬운 함정이 있다. 높은 자리에 있다고 생각해 권위적이게 될 수도 있고,

일의 본질보다 자리에 집착해 명예만을 좇게 될 수도 있는 그런 함정들.

하지만 세상에는 현명하게 그 함정을 비켜가는 사람이 있다. 결코 자신을 잃어버리지 않는 사람들. 아, 그들은 얼마나 아름다운 사람들인가. 나는 운 좋게도 그런 아름다운 사람을 만났다.

사람에 대한 이치

겸손으로 얻게 되는 것도 사람이고,
교만으로 잃게 되는 것도 사람이다.
사람을 얻는 일은 어렵지만, 잃는 것은 매우 쉽다.
자신을 소중히 여기는 만큼
다른 사람도 인정하고 대접해준다면
자연스레 내 곁에는 사람이 모이게 되니까.

인연

생의 욕망이 바닥이라고 느낄 때, 나는 땅 끝에 섰다.
왠지 끝에 가면 다시 돌아올 수 있을 것 같아서다.
배가 들어오고, 사람들과 배에 올랐다.
드디어 보길도에 도착했다.
그런데 버스도 떠나고 택시도 구하기 쉽지 않았다.
발만 동동 구르고 있을 때,
낯선 남자들이 차문을 내리고 말했다.
"스님, 보길도 돌아보시려면 저희 차에 타세요."
'남자들 셋이라, 음….'
걱정이 되었지만, 오도 가도 못하는 신세라 달리 도리가 없었다.
차에서는 클래식 음악이 나오고 있었다.
그럭저럭 그들과 함께 보길도를 둘러보았다.
생판 모르는 사람들과 해변도 걷고, 동백꽃도 함께 보았다.
낯설지만 괜찮은 보길도 여행이었다.
육지로 돌아와 차 한 잔 대접하고 헤어졌다.

인연이란, 이렇게 막막한 섬에서도 나를 구했다.
인연이 다 끊어졌다고 느낄 때,
어딘가에는 도움을 주는 인연이 있다는 걸
그때 나는 왜 알지 못했던 것일까.
혼자이고 싶어서 떠난 여행에서도
나는 누군가의 도움이 절실하다는 걸 알았다.
혼자서는 그 어떤 것도 이룰 수 없다는 것을.

철학이 있는
사람

어릴 적 은사스님께서 다른 어른을 칭찬할 때였다. "왜 훌륭한데요?"라고 내가 물으면, "저분은 사상이 똑바른 분이다", "저분은 나름의 사상이 확고한 어른이다"라고 말씀하시곤 했다.
당시는 그 말씀이 잘 이해가 가지 않았지만 지금 내가 은사스님의 나이가 되고 보니 왜 그렇게 말씀하셨는지 이해가 간다.
세상에 나가려면, 아니 대한민국에 살려면 자신을 지켜줄 철학이 나름대로 하나씩은 필요하다. 특히나 따뜻한 사람, 배려하는 사람이 되려면 말이다.
자신을 지켜줄 만한 생각을 갖는다는 건 나름대로 인생이라는 고통의 밭을 갈아왔다는 뜻이다. 본래 인생의 밭은 갈지 않으면 잡초만 무성해지는 법. 생활의 어려움, 관계의 어려움을 통해 생각을 정립해두지 않으면 벗어나고 싶은 그 생활의 늪에서 헤어날 수가 없다.

고향, 내 착한 영혼이 숨어 있는 곳

기다리지 않아도 명절은 참 제때 돌아오는 것 같다. 계절이 바뀌듯 건너뛰는 법이 없다. 일상이 아무리 피곤해도 사람들은 어김없이 길을 나선다. 고향집 부모님 곁으로. 잔뜩 찡그렸던 얼굴도 부모님 앞에선 활짝 펴진다. 평소 개미처럼 일하며 침묵하며 살았어도 고향집에선 재잘재잘 한숨 대신 웃음꽃을 피운다. 모두가 가족을 향한 따뜻한 마음들 때문이다.

만두도 빚고 제사 지낼 준비를 마치고 차 한 잔 하는데, 명절이라고 오랜만에 고등학교 동창에게서 연락이 왔다. 친구 목소리가 가라앉아 있었다. 이유를 물었더니, 명절 때만 되면 듣게 되는 자신을 괴롭히는 질문들 때문이란다. 특히 이 질문. "너 결혼은 아예 포기한 거니?"

설 명절에 찾은 고향은 대개 행복으로 가득하다. 아니 그래야만 한다. 그런데 그 따뜻한 만남에 더러 행복을 파괴하는 함정이 숨어 있다. 누가 먼저인지는 몰라도 갑자기 여기저기서 자랑이 시작된다. "우리 손주가 이번에 어디 어디 수시에 합격했대.", "우리 아들은 취직해서 엄마 용돈 준다고 가져왔지 뭐야."

민망함을 넘어 거짓말까지 보태가며 자식 자랑, 며느리 자랑, 손주 자랑이 줄줄이 이어진다. 여기서 그치지 않는다. 이야기를 들은 이들은 곧바로 자기 가족들을 향해 비교와 질타를 늘어놓는다. "누구네 집 아들은 어쨌다더라, 너는 뭐하는 거냐.", "결혼은 언제 할래?", "취직은 언제 할래?"
세치 혀가 칼이 된다. 그토록 사랑스럽던 가족은 어디 가고, 금세 서로에게 상처만 남기는 무법자만 남는다. 속상한 나머지 그런 말들을 생각 없이 쏟아 부었는지도 모르겠다. 분명한 건 가족들의 염려를 담은 비교가 실은 걱정이 아닌 아픔만 남긴다는 점이다. 가까운 사이일수록 말을 조심해야 하는 이유가 여기에 있다.

부모님에게 있어 자식은 희망이다. 성공이나 부, 명예와 상관없이 가족은 존재만으로도 삶의 기쁨이다. 부모님이 아무리 힘들고 고단한 상황에 처해도 자식을 포기하는 경우는 거의 없다. 목숨보다 소중한 자식이기에 그렇다. 그런데 안타깝고 속상한 나머지 뱉은 감정 섞인 말 한마디 때문에 쉬이 아물지 않는 상처를 주게 된다. 주위에 청년들 중에는 엄마 친구 아들이나 딸과 비교당하는 것이 죽기보다 싫다고 말한다. 그들이 어느 회사를 다니는지,

연봉을 얼마 받는지가 도대체 자신과 무슨 상관이냐며…. 더구나 그 비교 대상이 남이 아니고 내 형제일 때는 더욱 힘든 일이다. 명절에 고향집에서 만난 형제자매 사이의 비교가 더 위험하게 느껴지는 것도 이 때문이다. 그만큼 심각한 상처를 남기니까.

서산대사는 이런 말을 남겼다.

"이치는 단번에 깨달을 수 있어도 버릇은 한꺼번에 고칠 수 없다."

가족을 비교하는 것이 얼마나 나쁜지 알면서도 아차! 하는 사이에 시한폭탄처럼 서로에게 좌절을 안긴다. 가족을 슬프고 화나게 만드는 좌절을 말이다. 고향은, 그리고 가족은 내 착한 영혼이 숨어 있는 곳이다. 가족을 만나는 기쁜 날일수록 서로에 대한 배려, 현명한 대화가 필요하다.

나를
지키며 사는 일

일본에서 박사 논문을 쓰던 중, 치아에 문제가 생겼다. 치아 전체가 다 흔들려서 내 손으로 뽑아도 금세 뽑힐 것만 같았다. 얼굴은 퉁퉁 붓고 머리도 지끈지끈 아팠다. 수건을 동여매고 병원에 갔다. 나이 지긋한 의사선생님이 얇은 철사 같은 것으로 고정시켜 주셨다.

"뭐니 뭐니 해도 자기 이가 제일 좋습니다. 지금은 몰라도 나중에 늙으면 압니다."

늙은 일본 의사선생님의 치료가 영 불안하여 한국에 돌아와서 나는 다시 치과에 가봤다. 젊은 의사선생님이 내 이를 들여다보고는 흥분해서 말했다.

"누가 이렇게 했어요? 무조건 뽑고 임플란트하셔야 해요."

심각한 이 하나만 임플란트하고 나머진 덧씌우는 것으로 합의를 봤다. 젊은 의사선생님의 흥분이 더 불안했다.

사람의 이가 하나 빠지면 다른 이들이 자리 잡는데 3년이나 걸린다고 한다. 하나하나의 치아는 독립적으로 존재하지만 서로 관계가 있어 하나가 없어지면 나머지도 영향을 받는 것이다. 이뿐만 그런 게 아니라 사람도 그렇지 않을까. 내가 사라지면 내 주변 사람들에게 영향이 있을 것이다. 그러니 내가 내 자리를 지키고 살아가는 것은 결국 나만 지키는 것이 아니라 우리 모두를 지키는 것이리라.

LEE so Myung

타인의
시선으로부터의 자유

하루는 방송국에 청취자들이 찾아와 내가 생방송하는 것을 지켜보았다. 나는 별일 아니라 생각하고, 늘 하던 대로 하면 되겠지 싶었다. 그런데 이게 웬일인가. 갑자기 내 목소리가 이상하게 들리는 것이다. 전에는 스튜디오 안에서 혼자 떠드는 게 오히려 더 이상했는데, 이제는 밖에서 내가 방송하는 것을 지켜보고 있는 것에 더 긴장이 됐다.

갑자기 할아버지 수염 이야기가 생각났다. 손자가 수염 긴 할아버지에게 물었다. "할아버지는 주무실 때 수염을 이불 밖에 내놓고 주무세요? 아니면 이불 속에 넣고 주무세요?" 한 번도 생각해본 적이 없던 할아버지는 손자에게 오늘 밤에 자보고 얘기해주마고 말씀하셨다. 그런데 밤이 되자 할아버지는 도통 잠을 이룰 수가 없었다. 수염을 이불 밖에 꺼내 놓아도 어색하고, 이불 속에 넣어도 불편했다. '그동안 나는 도대체 어떻게 잔 걸까?'

발 많은 지네도 그랬다. "지네야, 넌 발이 그렇게 많은데, 어떻게 그렇게 잘 맞춰서 걸어?" "응? 한 번도 생각해본 적 없는데, 글쎄. 일단 내가 걸어보고 말해줄게." 지네는 조심조심 발을 내딛었다. 그런데 첫걸음에 그만 발이 꼬여 넘어지고 말았다는 이야기. 피디에게 말했더니 깔깔대며 웃는다.

사실 이런 일이 아니고도, 출가한 사람들은 외모가 남달라서 어딜 가도 눈에 띈다. 때론 기대와 관심의 시선이기도 하고, 때론 비난과 조롱의 시선이기도 하다. 양쪽 다 불편한 시선이고, 우린 그 불편한 시선들을 늘 감내하며 살아가야 한다.

출가한 지 얼마 되지 않았을 때다. 물건을 사러 밖에 나갔다. 대구에 있는 우리 절은 코앞이 쇼핑몰인지라 장볼 일이 있을 때마다 편안한 복장으로 자유로이 들락거린다. 그러던 어느 날, 쇼핑몰에 들어가다가 우연히 쇼윈도에 비친 내 모습을 보게 되었다. 겨울이라 털신을 신고, 털모자를 쓰고, 다 떨어진 남루한 누더기 옷을 걸친 초라한 비구니가 눈앞에 서 있었다. 그 모습을 보는 동안 받았던 잠깐의 충격이란…. 그 충격은 실로 많은 생각을 불러일으켰다. '아! 내가 선택한 인생이 이런 것이었구나.'

20년도 더 된 일이라 가물가물하긴 하지만, 어렴풋한 기억으로는 당시 그 일을 계기로 나는 약간 슬럼프에 빠졌던 것 같다. 화려한 쇼핑몰과 대비되어 더욱 초라해 보이는 모습을 보며 '왜 나는 이런 길을 택했을까?' 오래오래 생각해야 했으니까. 그러나 그것이 패션에 대한 자유로 인식되기까지 그리 오래 걸리지는 않았다.

무슨 말인가 하면, 보통 사람들은 매번 옷을 바꾸어 입는다. 집에서 입는 옷, 직장 갈 때 입는 옷, 운동할 때 입는 옷, 데이트할 때 입는 옷까지 수시로 바뀌고, 거기에 따르는 소품과 치장도 달라진다. 그런데 나 같은 출가자는 늘 같은 색깔, 같은 디자인인지라 뭘 입어도 거기서 거기다. 헤어스타일도 1센티미터 정도의 차이가 있을 뿐 거의 동일하다. 신발도 마찬가지, 디자인에 차이가 조금씩 있긴 하지만 거의 비슷한 한 가지 색이다.

우리의 행색은 대체로 깨끗함과 더러움의 차이만 있을 뿐 시종일관 무엇을 입어도 하나의 패션이 된다. 더 중요한 것은 바로 그렇게 하나이기에 어느 장소에서도 걸림이 없다는 점이다. 걸림이 없으므로 나는 자유롭다 느낀다. 무겁고 쓸모없는 짐, 거추장스럽고 신경 쓰이는 것들로부터 해방된 삶이란 얼마나 자유로운가!

거울 앞의
단상

오늘은 TV 녹화가 있는 날이다. 눈 뜨자마자 화장실에 들러 거울을 본다. 얼굴이 부었는지 확인부터 하는 것이다. 다른 스님들이라면 하지 않을 얼굴 걱정을 아침부터 하고는 매번 탐탁잖은 표정을 짓곤 하는 나.

녹화 전날 저녁은 조금 적게 먹어야 다음 날 붓지 않는다. 그런데 사람 마음이 별난 건지 꼭 녹화 전날이면 라면이나 피자가 먹고 싶다. 결국 식탐을 이겨내지 못해 먹고는 다음 날 아침부터 거울을 본다. 내가 하는 어리석은 실수 중 하나가 바로 이것이다. 음식을 조절하지 못하면서 화면에 좋게 나오길 바라는 마음 말이다.

사람 사이도 마찬가지인 것 같다.
우리는 늘 남이 나에게 잘 대해주기를 바라고 기다린다.
하지만 아무리 기다려도 그런 날은 자주 오지 않는다.
내가 먼저 남을 존중하고 아끼고 사랑하지 않는 이상,
그럴 일은 별로 없을 테니까.
뿌린 대로 거두듯이 주는 대로 받는 법이다.

향과
고독의 시간

마음이 어지러울 때마다 향을 사른다.
기분 좋은 일이 있을 때에도 향을 사른다.
슬픈 일이 있을 때에도 마찬가지다.
향을 사르는 이 시간은
하루 중 가장 아름다운 고독의 시간이다.

삶의 본질

행복과 고통은 거의 같은 비율로 오는 게 아닌가 싶다.
만일 당신이 지금 행복하다면,
이것은 당신이 이전에 고통 속에서도
인내하고 배려한 덕분일 것이다.
만일 당신이 지금 고통에 처해 있다면,
그건 아마 이전에 당신이 함부로 써버려 잃어버린
행복 때문인지도 모른다.
행복은 고통의 끝이 아니고, 고통은 행복의 끝이 아니다.
우리는 그저 인연 따라 삶을 돌고 돌 뿐이다.

온전한 삶을 살기 위해서는
인생의 어두운 부분도 끌어안아야 하고,
환한 낮만큼이나 어두운 밤도 견뎌야 한다.

꽃 진다고
아쉬워 마라

시골 부모님께 다녀왔다며 아는 분이
열무김치 한 통을 가져오셨다.
모처럼 시골에 가니 공기도 좋고,
엄마 따라 밭에 나가 일해보니까 기분도 좋고,
각종 채소들 꽃도 그렇게 예쁘더라는 얘기였다.
그중에는 벌써 지는 꽃들도 있어 많이 아쉬워했는데,
엄마가 이렇게 말씀하셨단다.
"꽃 진다고 아쉬워 마라. 꽃이 져야 열매가 열린다."

《화엄경》에도 적혀 있다.
"꽃은 꽃을 버려야 열매를 얻고
강은 강을 버려야 바다를 얻는다."

이렇게 살 일이다.

나오며

어쩌면, 얼룩진 내면의 기록

바람이 분다. 어느덧 낙엽이 진다.
햇살은 부드럽고 오가는 이들의 발걸음조차 온화하다.
가만히 마음속을 들여다보니
여전히 욕망도 있고 갈등도 있다.
이중성과 윤리성도 혼돈 속에 대립해 있다.
어느 것을 택하여 살아가느냐에 따라 삶은 바뀌었다.

나는 나를 찾아 떠나는 여행이라 불리는 출가를 택하여
조심스레 여기까지 왔다.
나는 지쳤고, 끝이 어딘지 보이지도 않는다.
그래도 길은 쭉 이어져 있다.
인생길을 들여다보니 시야가 확 트이는 듯하다.

서둘러 길을 가던 어느 날,
삶이 지금 어딜 가느냐고 나를 불러세웠다.
그러고 보니 발자국은 무성하되 방향은 우왕좌왕이다.
걸어온 길과 걸어갈 길을 앞뒤로 휘익 둘러보았다.

나는 인생에서 소중하고 아름다운 것들을 찾아,
그들을 향한 고운 눈길을 가지고 살고 싶었다.
그러나 너무 헐레벌떡 사느라 쉼표를 잊었다.
그간 결핍된 것들도 채우질 못했고,
그 사이, 귀에 거슬리는 말들만 퍼져나갔다.

먼 훗날, 삶이 지금 어딜 가느냐고 또다시 불러 세운다면
그때 나는 뭐라 답할까?
'평안하게 살랑살랑 살고 있어요'라고 말할까?
'적어도 다른 사람의 판단에 매여 살진 않아요'라고 할까?
그도 아니면 '익숙하지만 낯선 새날들에
감사하며 살아요'라고 하려나?
산들바람 맞으며 삶을 되새김질해본다.

그림 정보

20쪽
목화소녀,
65×91cm,
장지에 수간안료, 2017

34쪽
꾸미의 꿈,
72×91cm,
장지에 수간안료, 2017

50쪽
일상으로의 초대,
24×19cm,
장지에 수간안료, 2017

86쪽
꿈의 그림자,
33×24cm,
장지에 아크릴, 2016

105쪽
꽃다발,
50×50cm,
장지에 아크릴, 2015

130쪽
일상으로의 초대,
52×40.5cm,
장지에 수간안료, 2017

145쪽
일상으로의 초대,
91×72cm,
장지에 수간안료, 2017

156쪽
일상으로의 초대,
24×19cm,
장지에 수간안료, 2017

182쪽
봄밤,
52×40.5cm,
장지에 아크릴, 2016

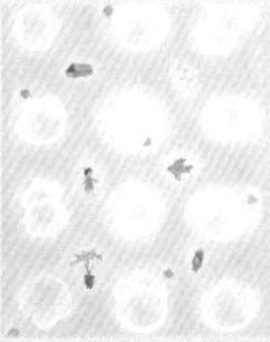

197쪽
일상으로의 초대,
52×40.5cm,
장지에 수간안료, 2017

208쪽
민들레 날리는 밤,
53×73cm,
장지에 아크릴, 2015

225쪽
물고기구름,
91×72cm,
장지에 수간안료, 2018

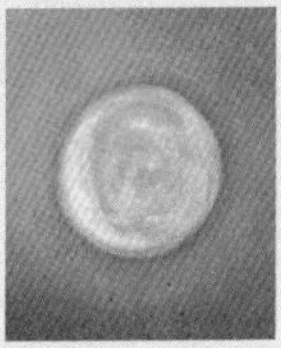

237쪽
Dreams of flowers,
91×91cm,
장지에 수간안료, 2017

252쪽
일상으로의 초대,
91×72cm,
장지에 수간안료, 2017

삶이 지금 어딜 가느냐고 불러세웠다

1판 1쇄 발행 2018년 10월 27일 **1판 2쇄 발행** 2018년 11월 16일

지은이 원영
발행처 도서출판 수오서재 **발행인** 황은희, 장건태
책임편집 황은희 **편집** 최민화, 마선영 **마케팅** 이종문
디자인 행복한물고기 **제작** 제이오
주소 경기도 파주시 회동길 337-16, 302호(10881)
등록 2014년 6월 16일(제396-2014-000115호)
전화 031)955-9790 **팩스** 031)955-9796 **전자우편** info@suobooks.com
홈페이지 www.suobooks.com
ISBN 979-11-87498-37-7 03810 책값은 뒤표지에 있습니다.

이 도서의 국립중앙도서관 출판시도서목록(CIP)은 서지정보유통지원시스템 홈페이지(http://seoji.nl.go.kr)와
국가자료공동목록시스템(http://www.nl.go.kr/kolisnet)에서 이용하실 수 있습니다.(CIP제어번호: CIP2018032931)

도서출판 수오서재守吾書齋는 내 마음의 중심을 지키는 책을 펴냅니다.